GOBOOKS
& SITAK
GROUP©

U0000230

最惡拍檔

人物設定

凱爾・靡切

聖艾堡教堂的神父，父母被陷害而逝世，僥倖活命的他失去了記憶，被其母的熟識尚神父收養，改名為凱爾。善良親切，特別照顧失去父母的孤兒，對怪異事情的接受能力非常高。

能力：恢復記憶之後，擁有和獸靈結下契約的能力，是引渡人總部唯一能夠與獸靈結下契約的人，不擅長打鬥。

莉 雅
偽裝成女僕，以女僕裝扮示人，
召喚惡靈的幕後操縱者。
喜歡作弄人，寵物是一株有著兩
個人高度的巨型豬籠草。
琰
「那位大人」的得力助手，能夠瞬
間化解白優聿和望月等人的攻擊。
失去眼珠之後常戴著一副墨鏡。冷
靜殘忍，為了完成那位大人交托的
任務會變得不擇手段。
皮膚異常白皙，彷彿許久沒接觸過
太陽。

輕世代
FW030
03
最悪拍檔
赤色的聖環
秋十 著
流翼 繪

最惡拍檔

目錄

楔子　那位大人

穩健的腳步聲響起，潮濕陰暗的通道因為來人的出現，自動亮起了綠色的燈火。

一如幽魂的眼睛，詭異的綠火凝聚在通道兩側的燭臺上。仔細一看，每個燭臺上都刻了一個六角星圖騰，這是點燃綠火的法陣。

男人抖了抖身上的灰色風衣，拍落不小心沾上的水珠。然後，他回首，有些不耐煩地說著：「莉雅，快一點，那位大人在等著。」

即使在燈光不算明亮的通道，他仍舊戴著一副墨鏡。

「裴格斯已經在加快腳步了。」回答他的是更不耐煩的聲音，少女正以怪異的姿勢騎在一株又大又壯的豬籠草身上，還不忘抱怨。「真是的，琰琰只會一直催促，也不看一下這裡的空間又小又窄，裴格斯哪裡走得快嘛。對不對，裴格斯？」

豬籠草垂下圓大飽滿的捕蟲囊，輕輕扭動著壯碩的身軀，利齒發出可怖的碰撞聲，似在回應著主人的說話。

「我早就叫妳把裴格斯留在上面，妳偏要帶它下來這地下通道。」琰一嘆。

「這裡又濕又髒，我不想弄髒自己的雙腳，裴格斯可以當坐騎用，有什麼不好？」

「哼，又是大小姐脾氣發作。」

「琰琰好壞，不過人家今天心情好，不和你計較。」莉雅哼著歌，摸著裴格斯。「因為我們今天總算完成了那位大人的心願。」

琰不語，轉身回去繼續領路。

「琰琰，你說，大人這次會高興嗎？」半晌的沉默之後，美少女突然輕輕問著，她臉上該有的愉悅逸去，若有所思地看著前方的男人。「我真希望能夠看到『他』笑的樣子，哪怕就是一秒，也足夠了……」

「嗯。」琰沒有多話，只是輕輕點頭。

「可是……」少女別過臉去，好久才幽幽地道：「我們還差一大段路才可以到達終點吧？」

「嗯。」腳下仍舊沒有減緩速度，他知道她問的並不是現在走著的路還有多長。

少女不再作聲，氣氛變得沉重了。

他揮了揮手，刻意輕鬆問著：「莉雅，妳這麼快就露出疲態了？」

「才不是！」少女立刻激動起來，仰首雙手環胸。「我是青春無敵美少女莉雅，才不像你這種老男人，動不動就喊累，哼！」

「嗤。」琰嘴角一扯，繼續往前走。

莉雅很快意識到他是逗著自己，不禁嘟起了嘴。好半晌，她再問。

「喏，你說，『他』會不會感到疲累？」

琰停下腳步，深吸一口氣，嗅出了少女身上散發的不甘心。

雖然他雙眼失明，但他想像得到她此刻的表情必是充滿不甘心，還有不願意接受命運擺布的悲憫。那位大人讓他和莉雅深切體會到這一點。

「不會。只要有我們在『他』身邊，只要『他』還相信自己的理念，就不會感到疲累。」

他仰首，有著無比堅定的信念。

「真的嗎？」

「當然是真的。」

莉雅不再說話，摟著裘格斯，眸底含著暖色。她真心希望「他」可以願望成真，然後不再痛苦……

「到了。」

不知走了多久，前方的琰終於停下腳步，盡頭懸掛著一個古老的燈盞，琰伸出手，摘下了燈盞。

燈盞內的燈火瞬間變得更加明亮，綻放出來的光芒包圍了他和身後的莉雅與裘格斯，緊接著點點綠光散盡，他們已從穢暗潮濕的通道來到一個綠意盎然的花園。

這是他最擅長的空間轉移之法。

花園中心，男子坐在白色圓桌前，靜靜地翻閱著擱在桌上的書。

除此之外，桌上還準備了好幾款的精緻點心，濃郁的咖啡香氣飄散於空氣中，讓人精神為之一振。

「蘭可大人。」琰恭敬地叫著男子，莉雅也一掃之前的活潑好動樣子，恭敬地垂首站在一旁，裘格斯則被她收回口袋內。

「是琰和莉雅嗎？」男子轉過身來，銀色髮絲掩去了右頰，俊美臉龐上掠過一絲喜色，但隨即變回之前的淡漠。

他望著二人，頷首之際輕聲說著：「歡迎你們回來。」

CH1 神父與小孩

清晨，遠處的教堂響起了鐘聲。

「凱爾神父，早安。」

「早安。」

街道上來往的人們親切地向一位穿著黑色長袍的男人打招呼，男人揚手，向這群早起的人們一一點頭道安，俊美的臉龐上洋溢著和善的笑容。

他，是莫羅多城聖艾堡教堂裡面最年輕的神父，凱爾．靡切。

今年二十二歲的他，是一個自襁褓中就被尚神父收養的孤兒，因為教堂的庇護，他才躲過餓死街頭的厄運。於是理所當然的，到了十二歲那年，他決定進入神職學院並將自己的畢生貢獻於教會。

接下來，事情一切發展得很順利，他如願回到了收養他的聖艾堡教堂，並當上了最年輕的神父。

聖艾堡教堂對他而言，除了養育之恩以外，還有更深一層的意義。

聖艾堡教堂在這個城市裡是屬於古老又神聖的存在。

大陸的子民大概都聽說過聖艾堡教堂的傳奇故事。

十三年前，莫羅多城出現史上最兇惡的惡靈，當時引渡人總部的支援隊伍還未趕到，城內足以庇護子民的教堂盡數被毀，唯獨歷史最悠久的聖艾堡教堂屹立不倒。城內子民在危急的時候一起湧入了聖艾堡避難，奇蹟在這個時候發生了，原本只以普通石磚砌成的教堂圍牆竟然綻放金色光芒，形成結界，就算惡靈的攻擊再強也摧毀不了這層結界。

這層結界一直維持到引渡人總部的支援部隊抵達、惡靈被殲滅之後才褪去。之後，聖艾堡教堂就成了莫羅多城子民心中的守護神。

所以，凱爾覺得能夠在聖艾堡教堂當上神父是一件值得驕傲的事。

「神父，早安。今天我為教堂的孩子們送來了新鮮出爐的草莓烘餅。」

正在沉思的凱爾被一道愉快的女音喚醒，迎上一張笑容燦爛的東方臉孔，正是街角糕餅屋師傅的女兒——雲素小姐。

「雲素，早安。謝謝妳的烘餅。」凱爾很快揚起笑容，接過她手上的烘餅。

莫羅多城市不比其他城市，在這裡居住的東方人口比例比較少，因此他十分容易就記住了雲素的名字。更何況，她是唯一一個全年無休為孤兒送來早餐的善良女孩。

「不、不客氣。」眼前的東方女孩正因為他的笑容而微紅了臉，她努力讓自己不再結巴。「爸爸說能夠為教堂出一份力是值得光榮的事。」

「妳和雲先生都是好人。」凱爾再次一笑，然後揮了揮手。「如果沒事的話，我先進去了，今天的早課由我來教導。」

教堂收留的孤兒們每天都和其他孩童一樣，必須接受由早上八時開始至中午十二時的教育。

「噢，沒有，沒……明天見了。」雲素揮手道別的同時眼神難掩落寞。

他點頭，沒有想太多就轉身進了教堂，之後來到一處白色走廊，走廊盡頭處再往右拐就可以到達孤兒們的課室。

凱爾相信那班勤奮的孩子一定已經在裡面等候他了，待會兒就先讓大家品嘗了手上的草莓烘餅再上課吧。

當然，他必須先確保大家都先把昨天的功課交上來，才可以分配烘餅。

凱爾邊走邊這麼想著，前方一個小身影突然躍入他的眼簾，他停下腳步，定眼看去。約莫八歲的金髮小男孩躲在走廊上的柱子後面，完全沒注意到他已經來到身後。

凱爾一時記不起這個小男孩叫什麼名字，會是教堂剛收養回來的孤兒嗎？想到這裡，神父俯身，拍了一下小男孩的肩膀。「小弟弟，你叫什麼名字？」

小男孩嚇了一跳，回頭看到凱爾親切的笑容之後，沒那麼驚恐了。他稍微拉開距離，這才小聲地說著。「我……我是布魯克。」

「布魯克，你好。我是凱爾神父。」凱爾蹲下身去和小男孩平視。「布魯克怎麼躲在柱子後面呢？」

「凱爾……神父？你是神父！」小男孩再次露出驚恐的表情。

「我是啊。」神父頷首。

聽到神父的回答之後，小男孩更是不安。他沉睡了多年，醒來之後發現自己變成一個小男孩，雖然不太清楚自己為何會變成小孩，但他終究是一個特殊的存在，絕對不能讓教廷的神父或是騎士團們發現自己的身分。

至於他為什麼冒著危險來到聖艾堡教堂呢？因為他在找尋一個重要的人。

他答應了主人無論如何也會守護的一個人。在陷入沉睡前的最後記憶中，布魯克就被寄養在聖艾堡教堂。

沉思了許久，布魯克決定冒個險豁出去，鼓足勇氣問著。「請問……這裡有住著一個叫做魯貝爾的人嗎？」

「魯貝爾？沒有。」神父思考了一下，搖頭。

「怎麼可能？他、他是一個成人，有茶色的頭髮，褐色的眼睛……呃，其他的特徵我就不清楚。」布魯克急著說。

神父苦笑，小男孩形容得太籠統，在莫羅多城內住著九成的西方人，大多數擁有茶色頭髮和褐色眼睛，神父自己就是其中一個。

「布魯克有那人的住址嗎？或者你知道他在哪裡工作？」神父嘗試幫忙。

「我不知道。」布魯克扁嘴，握緊了拳頭。「我在十三年前他還是孩子的時候見過他，現在我不清楚他到底住哪裡，從事什麼工作。」

「……十三年前？」

「是的。」

這讓年輕的神父更加困擾。眼前的男孩最多不過八歲，十三年前到底是怎麼回事？

「我還是自己去找吧。我要離開了，凱爾神父。」布魯克一邊往前走一邊搖頭說著。「這裡的人不會喜歡我的。」

「等一下，布魯克，你的父母呢？」擔心的凱爾拉過小男孩。

小男孩搖頭。「沒有父母，布魯克一直是自己一個。」

布魯克果然是孤兒，年輕神父輕嘆，因為自己是孤兒的關係，他很瞭解布魯克此刻的心情，他應該好好照顧一下這個受到排斥的孩子。

凱爾的聲音變得更加溫柔。「你留下來，這裡的人都是好人，我保證他們會喜歡你。」

布魯克偷偷瞥他一眼，發現他還是保持無害的笑容，而且雙眼中有著讓人信服的自信神采，不禁有些動搖了。

「……真的嗎？」他可以留在這個地方？這裡是教堂！

「真的。」凱爾伸出了手，笑得瞇起眼睛。

布魯克凝視那隻手，遲疑著該不該上前握住。

「來吧，我帶你去認識新朋友，然後我們一起吃新鮮的草莓烘餅。」凱爾特地將烘餅推送到小男孩面前。

布魯克立刻被這股香氣吸引，露出期待的表情。可是他很快蹙起眉頭，似乎考慮到某樣很為難的事情。「但是我可能會為你帶來麻煩……」

話都還沒說完，大手就按上小男孩的頭，凱爾一笑：「我不怕麻煩，走吧，布魯克。」

那抹信心十足的笑容頓時給了布魯克勇氣，反正他要找出奧拉的孩子，他就必須留在教堂裡面。凱爾神父的邀請正好解決了他的煩惱。於是他點了點頭，順從地跟上凱爾的步伐。

一大一小的身影逐漸在走廊上逸去，平靜的走廊上卻響起兩個人的低語。

「喏，接下來怎麼辦？那小子和一個神父扯上關係了。」

角落的暗影下，一個瘦弱少年倚著牆壁，盯著小男孩離去的方向。

「哼。」同樣在角落暗影中出現的是另一個較為壯碩的少年，右額上有一道褐紅色的疤痕，讓他看起來有些兇狠。他一臉不屑地拍去身上的灰塵。「我們等候了那麼久才等到那隻獅子甦醒過來，只差一點就可以找到當年的線索，說什麼也不能放棄。」

「說得也是。可是惹上這隻獅子似乎不怎麼好玩喔。」瘦弱少年從褲袋裡抽出一支草莓口味的棒棒糖，叼在嘴裡繼續道：「我是說……惹上這隻使魔說不定會驚動到引渡人總部……頭子不是說不要驚動那些麻煩的引渡人嗎……」

壯碩少年瞪了過來，微微咬牙：「你的意思是不幹嗎？天孜！」

「唔……兇我幹嘛……」瘦弱少年揉了揉被吼疼的耳朵，拿下棒棒糖之後豎起一根手指。「不過我剛剛收到一個消息。」

「什麼消息？」

「引渡人那邊好像派了一個人過來。或許我們可以借助他的幫忙來完成任務。」

壯碩少年瞇起眼睛，打量著露出狡黠笑容的夥伴。那個消息他竟然沒有聽說。「那個人是誰？你確定他會幫助我們？」

「嘖嘖，穆邏你的消息真不靈通。」瘦弱少年吃吃一笑。「他當然不會幫我們，不過我們可以借著他的手接觸到當年的真相。」

壯碩少年蹙起眉頭，表情嚴肅得有幾分嚇人。「這樣的話，現在就去找他，至少讓我知道他是誰。」

「不，不能那麼焦急。」

瘦弱少年搭過就要發怒的壯碩少年，輕聲說了幾句話，然後比個ＯＫ的手勢。「相信我準沒錯。」

壯碩少年雖然還是眉頭擰得死緊，但是夥伴信誓旦旦的表情多少給了他一點信心。他的眼神落在人影全無的走廊上，三秒之後才有所決定地點頭。

「你知道，這件事不能再拖延。預言是不會為任何人停留。」他的臉色相當凝重。

「是，我知道的，穆邏。」瘦弱少年輕輕嘆息。

他不再說話，轉身隱沒入牆角的暗影處，瘦弱少年亦然，頃刻間失去了蹤影。

午後的一場大雨，讓熱鬧的市鎮一下子變得冷清。

一個撐著黑色雨傘的男人快步走過積水的街道，來到聖艾堡教堂門前。要不是傾盆大雨來得突然，他絕對不會到教堂裡面避雨。一想到那一張張板起的臉孔，他立刻露出嫌惡的表情。不過，為了不讓重要的信件淋濕，他只好來到這裡避雨。

來到屋簷下，他向裡面的神職人員表明來意，後者很快領著他進入教堂裡面避雨。

他進到寧靜的教堂，先是打量了周圍一眼，找了一個角落的位子坐下，這才拉下斗篷。

男人露出一頭黑色的短髮，他拍落肩膀上不小心沾上的水珠，板著臉孔的神職人員遞過了毛巾給他。

「先生，先拭乾您身上的水漬。」就連表示善意也是一臉嚴肅。

他道了聲謝，接過毛巾。倏地，像是想到了什麼重要的事情，他連忙探手入懷，一陣摸索，他掏出了一個純白色的信封。

純白色的信封背面有一個金色的特殊圖騰。

這是引渡人總部最高領導者——總帥大人的印鑒，也是他此次尋人任務的公函。有了這個公函，在必要的時候他可以得到駐守莫羅多城的引渡人分隊幫忙。

「幸好沒弄濕。」白優聿吁了一口氣。

要是弄糊了裡面的信件，萬惡的總帥絕對會讓他付出慘痛的代價。回想到當日那隻狐狸的可惡行徑，白優聿先是打了一個寒顫，緊接著就是咬牙在心底第一百八十九遍詛咒著對方。

如果用「倒楣」二字來形容他的經歷，白優聿一定會強烈地表達自己的反對，因為他的遭遇已經不能夠單單以「倒楣」如此粗淺的字眼來形容。

在引渡人總部引渡了亡魂克羅恩之後，他隨著路克去見總帥，重遇三年未見的總帥，他連一點的高興都談不上，對方倒是笑嘻嘻地上前給了他一個超級大擁抱，熱情地招呼他坐下，以他對這隻狐狸的認識，對方大顯殷勤的背後一定有陰謀。

果然，他屁股都還沒有坐熱，對方就丟給他一句話：「我需要你去找一個人。」

如果你以為這僅是一項簡單的任務，那就大錯特錯了。因為萬惡總帥要他尋找的並不是一個普通人，而是在引渡人總部的獨羅組尋覓了十三年仍舊毫無音訊的一個小孩。當年失蹤的九歲小孩此刻應該也是成人了，當然大前提是，這個失蹤的小孩還活著的話……

「這個小孩是在七級惡靈事故中失蹤的吧?你有沒有想過他或許已經去了輪迴大殿？」他暗示總帥這個小孩說不定早就和世界說拜拜了。

「沒想過。聿，你別藐視本人的智慧，我不會讓你去找一個已死的人。」總帥直接一巴掌招呼白優聿的後腦杓。

「拜託，找人不是應該派獨羅組的人去做嗎？」白優聿捂住後腦杓，瞪著對方。

「當然不可以，因為這個人和你扯上莫大的關聯。」總帥一攤手。

「我不是他的同學也不是他的鄰居，甚至連一面之緣也沒有！」白某人冷哼。

「他身上有一件東西，是琰和莉雅口中『那位大人』要找的東西。你不是很想知道那位大人到底是誰嗎？」

白優聿一怔，蹙緊眉頭。

「那件東西叫做赤色聖環。」總帥按住他的肩膀。「把人和東西帶回來，我會讓你知道那位大人的身分。」

一如既往，變態總帥雖然變態兼腹黑，不過洞悉能力向來無人能夠媲美，對方很清楚他此次出現的原因。接下來，對方並沒解說的意思，揮手趕人之前還意味深長地對他說著：「這一次是你正面面對過去的最佳機會。」

白優聿踏出總帥辦公室之後一直斟酌著對方這番話的背後用意。直到他回到休息室，他愕然發現他親愛的搭檔望月不見了。這個時候，爛人喬頂著欠揍的表情出現，幸災樂禍地告訴他，望月被修蕾緊急召喚回去了。

換言之，望月無法隨同他前去莫羅多城找人……也就是說，要是路途上還是找人過程中遇上什麼兇險，一概由他老兄自己想辦法解決。

總算明白變態總帥暗示些什麼的白優聿當然抵死不從，但是他來不及說不，路克和喬已經一左一右架著他，把他扔上通往莫羅多城的快速火車。他就這樣上了賊船，苦哈哈地一個人來到莫羅多城。想到這裡，白優聿再次深深嘆息，將信封塞回懷裡。

外面的雨勢不見轉弱，加上天色已暗，他還是先找個落腳的地方，明天再繼續找人。

白優聿站起，教堂的大門就在此刻被人推開，一個男人疾步奔進，看樣子也是衝進來避雨的。

「啊，凱爾神父，您總算回來了！」神職人員連忙走了過來，同樣遞上了毛巾。

「呼，外面的雨下得真大，不過幸好沒弄濕這個。」

白優聿看著年輕俊美的神父從懷裡抽出一包東西，並將之打開，原來是一個包裝精緻的顏料盤。

「您真是辛苦了，為了履行對孩子們的承諾，連下著大雨也要走去慕道街買顏料。」

凱爾邊拭著濕髮邊笑著搖頭。「我總不能讓孩子們失望。」

神職人員接過顏料，嘴裡還讚美了幾句話，這才走進去。凱爾這才注意到白優聿，禮貌性的微笑點頭。

白優聿同樣微笑的示意，他還是第一次看到這麼年輕溫柔而且還掛著和善笑容的神父。

基於以前還在總部時候的一些不愉快經歷，他對教廷和神父基本上是沒什麼好感……神父對他來說都是死板著一張臉、打死也不露出笑容的固執老頭。

「先生是外地人吧？」凱爾走了上來。

「呃，是的。」

「我自小在這裡長大，莫羅多城不大，所以我幾乎認識這裡的所有居民。」凱爾解釋著，指了指外面。「雨勢應該不會轉小了，如果先生不嫌棄的話，大可以留在這裡過一夜再走。」

白優聿立刻暗暗叫好。這位年輕的神父人太好了，簡直就是天使嘛。

「謝謝你的招待。」他當然老實不客氣，反正他不想去引渡人分隊借宿。

「不客氣，我帶你進去。」

白優聿跟上對方的腳步走向教堂的內殿。果然如同他所想的，這裡的建築結構有些老舊，氣勢肅穆莊重，走廊上遇著的人都只是向他們點頭，保持著該有的肅靜，每一個人都好像別人欠他十年債務般死死板起一張臉。

這裡不愧是莫羅多城中最古老的教堂，完全符合教廷保守的作風。

「白先生這次來莫羅多城是做生意的嗎？」只有眼前的神父比較健談。

莫羅多城有八成人口是經營販賣商品的生意，所以平時入城的陌生人多數是來採購的商人。

「不是，我是來找人。」白優聿說著。

「找人？是什麼人呢？我可能幫得到你。」凱爾神父再次微笑。

真是出門遇貴人啊！白優聿心中一喜，連忙說出自己想要找尋的人。「神父有聽說過一個叫做魯貝爾．李斐特的人？」

「魯貝爾？」神父的表情相當驚訝，讓白優聿以為有希望了，誰知神父搖頭。「在這裡，有路柏．李，也有羅伯．李斯特，魯貝爾．李斐特……這個名字我沒聽說過。」

啊喂，你剛才不是說你幾乎認識鎮上所有的居民嗎？你是玩弄我就對了！白優聿心中暗斥，神父一臉歉然地看著他。

「因為之前有一個孩子也是在找魯貝爾這個人，所以我才會表現得驚訝。」

「原來是這樣。」白某人挑眉，有人也在找魯貝爾，是哪一方的人？

「真對不起，讓你失望了。」

他倒是被神父的道歉搞得不好意思了，連忙搖頭。「不要緊，我只是隨口問一問。」

白優聿邊走邊想，突然間被其中一幅壁畫吸引了目光，不禁停下步伐。

「這裡的壁畫都是教堂甫建好的時候就留下。這幾年來我們一直努力修復著這些紀念價值極高的壁畫。」凱爾神父也跟著停下腳步。

「嗯。」白優聿點頭，蹙眉沉思了一下。「這幅畫好像有些奇怪……」

畫中有一美麗少婦正專注地為一個穿著斗篷的男人倒茶，男人的樣貌被斗篷遮去，只露出一張微微勾起的嘴唇，正接過少婦遞來的茶杯。

「這是尚神父親筆繪下的典故。故事中的斗篷男人是邪惡的化身，正盤算對付畫中美麗善良的少婦。少婦是純潔和虔誠的化身，面對陌生人仍然誠懇招待。」

凱爾的解說讓白優聿微挑眉。凱爾似乎發現到他的不解，笑著續道：「這個典故代表的意義是即使面對邪惡，你也要放下敵對心態，以善良和誠懇待之。」

「噢。」嘛……這些漂亮的說辭通常都是來自那些沒有經歷過什麼仇恨還是悲痛遭遇的神父之口。

白優聿知道只要神父們提及和教廷有關的典故，一般而言不說上半個小時的教義他們是不肯收口的，但他今天難得地對這個典故感到興趣。

「那麼這個故事的結局呢？」

「白先生不妨猜一猜。」凱爾竟然沒直接道破。

「後來神界使徒出現拯救了少女？」教廷中很多的典故都有類似的結局。

「不是。」凱爾搖了搖頭，斂起笑容。「最後，少婦步向了死亡。」

白優聿微訝。「竟然是這樣的結局？」

凱爾點頭，神情變得悲憫。「這是尚神父告訴我們的結局。」

白優聿蹙起眉頭，感到難以理解。

「對了，尚神父是我們這裡最年長的神父，今年已經七十歲了。」年輕神父補充著。「你想拜訪一下他嗎？我可以帶你去。」

「不不不！謝了！」越是年長的神父越是古板保守，他白某人沒興趣去和一個化石交流。

他現在對神父口中的典故感到比較好奇。畢竟教廷的典故好像很少出現過悲劇的結局。

「凱爾神父，少婦最後是怎麼死的？」

「這個……其實我也試過問尚神父。尚神父當時是這樣回答我的，終有一天，東方過來的旅人會揭開命運的答案。」凱爾說畢就往前走了。

這是什麼典故啊？真是奇怪。

那個叫尚神父的老神父大概是自己也不知道答案，所以就胡亂編個玄之又玄的一段話來唬爛年輕人吧？

白優聿深深看了壁畫一眼，這才邁開腳步，跟上凱爾。

雨，一直下到晚上才停止。

白優聿不止一次感嘆這場雨下得不及時，讓他錯失出去結識美女的機會。

不過，當他得知莫羅多城有一間叫做「露拉娜」酒吧營業至凌晨，久違的色狼笑容再度浮現在他唇邊。

難得來到這個新地方，更難得的是臭臉望月不在身邊監督，他哪有理由放棄結識美女的機會呢？

所以，他整理好裝束，立刻把握機會出發。

走在昏暗教堂的走廊上，白優聿一邊叨念「教廷的人太吝嗇，連燈也不多添一盞」之類的話，一邊急步走向大門。

就在轉角走向大門的同時，他撞上了一個同樣行色匆匆的人。對方倒退幾步才站穩，連聲道歉，一看到是他，頓時一臉錯愕。「白先生？現在是深夜了，你要出去找人嗎？」

唉……竟然是凱爾神父。

白優聿有些尷尬地一笑。「不是，我只是打算出去……欣賞一下莫羅多城的夜景。」

「那麼你請小心。」凱爾不疑有他，當然此刻的他也沒心情去管白優聿的事，他急步越過白優聿，突然想起一件事連忙叫住對方。「白先生！」

「是？凱爾神父。」白優聿笑得很勉強，心急著要投向美女的懷抱。

「忘記問你了，你有看到一個大概八歲的金髮男孩在這裡經過嗎？」

「沒有。」他連鬼影也沒見到一隻。

一答完他就邁開步子，身後的凱爾突然急步走向他。

「既然白先生也是打算出門，我和你一起出去吧！」凱爾似乎下了極大的決心。

白優聿宛如見鬼般盯著對方。「可是我去的地方應該和你去的……不順路。」

超級的不順路！

「走吧，白先生。」

白優聿傻眼地看著置若罔聞的凱爾，深深一嘆，無可奈何地跟上前方急步而行的男人。

莫羅多城並不如首都梅斐多城的繁華，也沒有梵杉學園所在的米蘭度城的熱鬧，這裡在入夜之後的夜生活幾乎是零，僅有一間「露拉娜」酒吧在營業。

白優聿本來對莫羅多城也沒太大的期望，反正是來了，他就去露拉娜體驗一下本地的風土人情，說不定還可以意外探查出消息。但是現在，他連這丁點的期望也破滅了，都是那個強硬和他一起出門的凱爾神父害的！

「白先生！」氣喘吁吁的凱爾朝自怨自艾的白優聿奔過來，焦急地問著。「有布魯克的消息嗎？」

一出教堂，白優聿就被凱爾揪著一起去找失蹤的男孩——布魯克。

好吧，與其說是被對方「揪著去」，倒不如說他敵不過對方的柔聲請求還有自己的良心譴責。教堂一個可憐的孤兒失蹤了，他既然已經知道，就再也沒理由去泡妞尋樂吧。不然，他準會遭天譴。

「沒有。凱爾神父，你確定那個孩子不在教堂？」白優聿挑眉。

話說他們已經找尋了將近兩個小時，各個地方都尋遍了就是找不到布魯克的蹤影。

「我確定。我問了其他的孩子，他們說晚餐的時候已經沒瞧見布魯克。」凱爾很是擔憂。

也就是說布魯克在晚餐之前就溜出去了，失蹤將近五個小時。

「可是我們已經尋遍了，他還能夠躲藏到哪裡去？」白優聿陷入思忖。

「有！還有一個地方！」凱爾突然想到一個可能，隨即蹙眉。「是北區！北區有一條街專賣古董，布魯克昨天跟著我出門的時候，我帶他去逛過，他似乎對那些古董很有興趣，逗留了很久都不願離開……」他唯一想到布魯克可能去的地方就是古董街。

小孩子對古董感到興趣？搞不好待會兒他們找到小孩子的時候，古董店的老闆咬牙切齒指著地上打爛的古董要他們負責……他可不可以不要跟著去啊？因為他身上實在沒帶幾個錢的說。

白優聿看著凱爾，後者對他投來「我們快點走吧」的眼神。

他垂下肩膀，認命了。「走吧，我們到北區的古董街找布魯克。」

上天請保祐不要讓布魯克這個小屁孩闖禍，連累這位無辜的神父和他賠償！

「謝謝你，白先生。」年輕神父一臉感激，按了一下他的肩膀，轉身就走。

CH2

失蹤的小孩

「也就是說，你並不知道布魯克來到教堂之前的事？」白優聿雙手環抱看著眼前的神父。

他們二人來到北區的古董街仔細找尋了一遍，半個小時過後，布魯克還是不見蹤影。白優聿只好問起布魯克進入教堂之前的住處，希望可以去小男孩之前的住處找尋，哪知道凱爾竟然說他並不知道。

「是。」年輕神父臉上微紅，暗責自己的大意。「他三天前才出現在教堂裡面，我問了尚神父之後就收留了他，一直沒有機會問起布魯克的來歷。」

尚神父是聖艾堡教堂裡面資歷最高的，平時他們遇上難題的話都會去請教這位老人家。

「其他的孩子知道布魯克的來歷？」白優聿問起。

「沒人知道。」凱爾輕嘆搖頭。「這孩子脾氣很倔強，不喜歡和別人說話，只喜歡跟在我身邊。」

白優聿按著額際，現在已經是凌晨兩點了，一個八歲孩子還能夠躲藏到什麼地方去呢？要是望月在就好了，那小子的冥銀之蝶可以極快找出某人的所在。

「都是我不好，沒看緊那個孩子……」凱爾陷入自責。

「這也不是你的錯。我看我們還是先回去，說不定布魯克已經回去了，正在等你呢。」

「唯有這麼做了。」年輕神父沮喪地說著。

白優聿不作聲，身側的凱爾邊走邊低聲禱告，請求神讓布魯克平安歸來。

倏地，禱告聲頓止，凱爾停下了腳步。白優聿只好跟著停下腳步，回首看向年輕的神父。

「白先生，你有聽到奇怪的聲音嗎？」凱爾露出古怪的表情。

「沒有。」最奇怪的聲音大概就是你自己的禱告聲吧！白優聿暗想。

「可是我剛才聽到有女人哭泣般的……歌聲。」凱爾說著最後兩個字的時候，語氣極為不確定。

聽神父這麼說，白優聿留神聆聽。

但，他並沒聽見凱爾所描述的聲音，也沒有感覺到任何的異樣。雖然他此刻的靈力指數不高，但他還是可以感覺到惡靈的存在。不過現在他什麼也感覺不到。

「會不會是你太緊張了，神父？」白優聿冒出一個問號。

年輕神父臉上一紅，訥訥地說不出話。

「先別管這些了，我們現在先回去看一下布魯克——」

嗚嗚——

迷路的孩子呀——

請追隨風的腳步過來——

邁開步伐的白優聿停下腳步，年輕神父一臉驚愕地看向他。

「聽到了嗎？」二人不約而同問著對方。

然後，二人屏緊呼吸，心中默數一、二、三，一起回頭——

他們身後什麼也沒有。

凱爾對他投來古怪的眼神。白優聿挑眉環顧四周，依舊什麼也沒發現。

難道剛才的聲音……是幻覺？

白優聿連忙轉身看去，依舊什麼也沒瞧見。但，剛才被他們誤以為是幻聽的低泣歌聲再次響起，這一次他們聽得一清二楚。

「那聲音……好像是從那間古董店裡面傳來？」白優聿低喃。

手指指著右邊第三間的古董店。

上面寫著「迪森古董店」。這是一間富有色彩的商店，牆壁塗上藍色，門板和窗框等的顏色是鮮豔的黃色，門口左邊還擺放了一個幾及人的高度的木偶，木偶手裡捧著一個三層的蛋糕，咧嘴笑著迎向經過的客人。

「這真的是古董店嗎？」白優聿看著這間看起來比較像蛋糕店的古董店。

「這裡以前是蛋糕店，後來結束營業之後被迪森先生接手，成了古董店，據說門前的木偶已經有很多年的歷史了。另外十多年前，這裡不是沉悶的古董街，而是莫羅多城最熱鬧的市集。」

「後來熱鬧的市集怎麼會變成沉悶的古董街了？」白優聿不解。

「十三年前的七級惡靈事故讓居民產生恐懼，因為這裡和出事的弗德城堡比較靠近，導致這裡的居民紛紛遷走，居民遷走之後這裡就不再熱鬧了……」

身邊的年輕神父解說著，突然腳步不穩，他連忙拉住身側的白優聿。

「凱爾神父，你怎麼了？」白優聿扶過對方。

「好像有點……頭暈。」

「你這麼說，我也覺得有些暈。」白優聿揉著太陽穴。他還以為是剛才跑了一段路導致的氣喘頭暈。

神父搖頭，努力站穩，低泣般的歌聲再次響起。這一次他們清楚聽見歌聲是從迪森古董店裡面傳出。

「要……去看一看嗎？」神父甩著頭，深深吸氣再吐氣。

白優聿點了點頭，兩個人並肩走向迪森古董店的門前。

「哈囉，請問有人嗎？」神父拍了拍門。

他很少來這個地方，偶爾會過來為街尾古董店的一位老太太禱告，不過自從老太太上個月去世之後，他就沒再過來這一區了。

裡面寂然無聲。兩個男人面面相覷，都看出彼此臉上的疑惑，裡面沒人。但是，他們剛剛聽到店裡面傳出歌聲。這麼晚了，是誰在唱歌？而且還唱出這種好像在低泣般哀怨的歌聲？

是惡靈嗎？白優聿蹙眉思忖，可是他並沒有嗅出惡靈的氣息。

「白先生，請你先回教堂探一下布魯克的下落。我留在這裡看一看裡面到底發生什麼事情。」凱爾顯然也覺得事有蹊蹺。

白優聿點頭，他知道教廷的人雖然不擅長制伏惡靈，但他們自有一套淨化儀式，可以暫時抑制惡靈的作亂。

當然，這詭異的歌聲也不一定是惡靈的傑作。說不定這是哪個睡不著的頑皮鬼隨興惡作劇。

「裡面有人嗎？我是聖艾堡教堂的凱爾神父，請問有什麼可以幫上忙嗎？」凱爾一邊敲門一邊抽出藏在袍子內的一條銀鏈。

銀鏈上繫著一個鑲上白色水晶的銀色十字架，這是神父才擁有的教堂聖物，也是神父身分的象徵。

神父正要繼續敲門呼叫，卻發現白優聿還未離開，不禁催促。「白先生你——」

「別以為我是不想離開，而是……」白優聿雙手環抱，蹙起眉頭。「凱爾神父，你有沒有發現我們周遭的環境改變了？」

白優聿其實沒有多管閒事的癖好，不過當他跨出第一步要離開的時候，他突然意識到他們周遭的環境改變了。古董街道兩側的店面倏然不見了，四周被無聲的白霧淹沒，只有眼前的迪森古董店還存在，專心敲門的神父顯然沒發現到這一點。

所以經黑髮男子的提醒，神父這才驚詫不已地看著白茫茫的四周，張大了嘴巴。

「你看，就連我們剛走進來的街口也不見了。」白優聿指了指前方。

凱爾轉身看去，不由得訝異。沒錯，鋪上紅磚的路面延伸至白霧之中，瞧不見盡頭，更不知通往何方。這不可能！年輕神父在心底暗叫，轉身大步朝剛才進來的方向奔去。

「神父大人……呼呼……別再跑了……我追不上……」

凱爾回首，看著滿頭大汗的白優聿。

「呼，真是的，要是我們失散了，事情會更棘手。」白優聿揮著額際的汗水。年輕神父一怔，他倒也沒想到這一點。事情變得糟了，哭泣般的歌聲突然再次響起，一字一句清晰鑽入他倆的耳內。

「嗚嗚——

迷路的孩子呀——

請快快追隨風的腳步過來——」

白優聿冒起雞皮疙瘩。同時，暈眩感也襲上，讓黑髮男子連忙搭著神父的肩膀。同樣暈眩的凱爾，俊臉繃得死緊。下一秒，他單手握緊胸前的十字架，嘴裡逸出一連串深奧難懂的古語。那是教廷的古老語言，也是教廷中人用來淨化惡靈的咒言。

「我看你的淨化咒言起不了什麼作用。」

過了好半晌，看不下去的白優聿開口提醒。

「這裡並沒有惡靈的氣息。」迎上不解的神父，他給予答案。

通常惡靈出沒的地方會飄散著近乎屍體腐臭的味道，雖然越高階級的惡靈，發出的腐臭氣息會越淺淡，但是絕不可能好像此刻般讓人察覺不到一絲的腐臭氣息。

身為好鼻師的白優聿不可能嗅不出惡靈的氣息。再說，他脖子上的封印並沒有因為感應到惡靈的存在而刺痛滾燙。

「是啊！真的沒有。」凱爾經他提醒，這才醒覺，以狐疑的眼神看著他。「白先生你怎麼知道惡靈氣息這回事？」

一般人來說應該不知道惡靈存在的地方會出現腐臭味道這件事。

白優聿苦笑一下，才想說雖然他看起來不怎麼像樣，不過他好歹也是一個引渡人之類的話，倏地眼前的紅磚路面開始碎開，緩緩往下崩塌。

凱爾也發現到這突發狀況，連忙轉身護在白優聿身前，右手緊握十字架。

黑髮男子低咒一聲，一把捉過搞不清楚狀況的神父就急步往回奔。

但是他們的速度及不上路面崩塌的速度——

「小心！白先生！」年輕神父大叫著。

「哇啊——」

伴隨著驚呼聲響起，路面完全崩塌，兩條身影往下跌落，低泣般的歌聲再次響起，二人只覺眼前一黑，暈了過去。

☽ ☽ ☽

「望月。」

坐在行政大樓的走廊長凳上，正在想著某件事想得出神的金髮少年被熟悉的聲音喚醒。

他一抬頭，立即站起來微頷首。

「奕老師。」

來人正是前些日子由總部直接調任前往梵杉學園的奕天行。

「你在等理事長嗎？她不在，剛剛走了。」

「不，我見過修蕾大人了。我是特地來等你的，奕老師。」

奕天行好奇地看著他。好一下，男人才回話。「可是我現在有課。如果你不介意的話，可以邊走邊說。」

望月點頭，跟上他的步子。

「對了，上次的任務還順利吧？聽說，你們遇上不小的麻煩。」奕天行率先開口。

習慣沉默的望月再次頷首。其實他素來不太懂得該如何與別人溝通，這次為了查出「那件事」，他想了好久該如何向奕天行開口。

「奕老師，我有件事要請教。」直截了當是他想到的唯一辦法。

奕天行停下腳步，課室就在前面，他決定先等對方說完話才進去。「好，你說。」

「我想請問有關白優聿的事情。」望月說著。

奕天行以好奇的眼神看著望月。好一下他才開口：「你直接去問他不是更好？」

望月沒有回答，只是換了一個回答的方式。「我想從別人口中知道更接近事實的真相。」

「聽起來他好像曾經欺騙你？」奕天行不禁一笑。

白優聿應該沒那個膽子敢欺騙這個看似馴良、實則擁有暴力傾向的望月吧？

奕天行回想著洛菲琳之前對這對搭檔相處方式的形容。

「如果奕老師不方便開口的話，我可以理解。謝謝。」望月沒有因為他的揶揄而不悅。

「看來，你和他的感情不壞。」奕天行像是吃定金髮少年不會在自己面前生氣，繼續說笑。「而且，你應該挺關心他吧。」

「你誤會了，奕老師。」望月想也不想就否認。「我絕對不會做那種蠢事。」

實際上，如果不是因為白優聿接二連三出現的奇怪表現，讓他擔心以後對方會拖累自己，他才不想過問白優聿的事情。而最有可能清楚知道白優聿過去的人，就是來自引渡人總部的奕天行。他最討厭別人誤會他這麼做是為了白優聿。

「蠢事？」奕天行啞然失笑，仰首瞧了一眼湛藍的天空，若有所思地低著頭。「有時候關心別人的確是一件吃力不討好的蠢事。」

尤其是當別人並不領情的時候……奕天行眉頭微蹙，想起了一些舊事。

望月盯著突然陷入沉思的對方。

「望月，不如這樣吧，你幫我一個忙，之後我會把我所知的、與聿有關的事情都告訴你。」奕天行打起一記響指。

這傢伙……剛才突然默不作聲就是因為在心中盤算？

算了，他明白天下沒有白吃午餐的道理。「你要我幫忙什麼？」

奕天行呵呵一笑，慢條斯理從衣袋內掏出一個白色的信封。

「是這樣的，總部那邊上個星期派人送了急件過來，要我針對這一個項目收集資料。但是你知道的啦，身為老師的我實在很忙，沒時間去收集資料，所以想說找一個可以信任又能力出眾的學生代勞……」

急件？還是總帥派人急送過來的？

「急件的意思不是……應該由本人親自處理而且還有期限的嗎？」

「沒錯！不過本人很忙，期限也快要到了，所以需要望月你幫個小忙。放心，資料收集完畢之後，我會在署名處簽上奕天行三個大字，不會讓別人知道是你幫我做的。」

金髮少年的眉角抽搐。他不是在擔心這一點好不好？而是為奕天行的不負責任感到不可思議！難以置信！說穿了，眼前這位懶人奕老師就是想找一個跑腿幫自己辦事，而他很不幸地成了對方的跑腿。

「……總部派過來的人都是這樣的嗎？」望月冷冷看著塞過來給他的白信封。

「別這麼說，咱們各取所需，ＯＫ？」奕天行一笑，揮手轉身。「我要去上課了，完成作業之後再來找老師吧！我住在學園東翼的教職人員宿舍。」

懶人！懶透了！

望月心中嘀咕著，拉長一張臉轉身離開。

他渾然不覺身後的男人在他離開之後停下腳步，露出別具深意的笑容。

「你要尋找和赤色聖環有關的資料？」

理事長辦公室內，修蕾放下手上的工作，凝睇出現在他面前的金髮少年。

「是的，修蕾大人。」

望月頷首應著。其實如果不是因為他百尋不獲這項資料，他也不會特地來到修蕾大人面前請教對方。

「為什麼要找這項資料？」修蕾蹙緊眉頭。

「……」金髮少年臉露難色，他想告訴修蕾大人其實這是總帥大人派給奕天行的作業，然後他為了知道白優聿的事情所以答應幫對方這個忙……但是這樣一來，修蕾大人一定會誤會他和白優聿的交情突飛猛進。

說什麼也不能夠讓修蕾大人誤會自己！

「你不想說也不要緊，不過這項資料在這裡是找不到的。」修蕾竟然沒有繼續問下去，只是伸手探進自己的衣襟內摸向自己渾圓的胸部，金髮少年立刻漲紅著臉，轉開視線。

修蕾從內掏出一把拇指般大小的鑰匙。「這個，接穩！」

望月連忙接過，鑰匙帶著微暖的溫度，那是修蕾大人身體的溫度，也就是說這把鑰匙剛才是藏在修蕾大人的胸部之下，他這麼一握就代表和修蕾大人的身體產生接觸——

「望月，你不舒服嗎？你的臉很紅。」

修蕾瞇眼盯過來，他窘迫地搖頭，忙不迭轉移話題。「這、這是什麼？」

「這把鑰匙可以讓你直接到達我宅邸的第七層地下室。那裡是儲藏重要資料的地方，你要的答案就在裡面。」

「直接到達妳的寢室……不是，我的意思是第七層地下室？」還處於幻想的望月在修蕾大人的挑眉之下立刻清醒過來。

修蕾大人的宅邸他再熟悉不過。以前他聽修蕾大人說過，第一層地下室至第七層地下室是禁地，除了修蕾之外，其他人不得擅闖。現在修蕾大人竟然批准讓他直通最神祕的第七層地下室？

「真、真的可以嗎？」金髮少年有種受寵若驚的感覺。「這麼重要的鑰匙……可以隨便給人？」

修蕾頷首。「不可以的話，我怎麼會把鑰匙給你?再說，你又不是別人。」

你又不是別人。修蕾大人說他不是別人耶……這句話是不是代表他在修蕾大人的心目中有不平凡的地位？

金髮少年打從心底雀躍起來，修蕾勾了勾手指，示意他湊前。

「知不知道為什麼我輕易給你這把鑰匙？」修蕾低聲問著，得到少年的搖頭回應，她陰兮兮一笑。「鑰匙上方有一句隱形的咒言，除了鑰匙主人之外，所有碰到這枚鑰匙的人都會被這句咒言束縛。只要我啟動這句隱形的咒言，無論距離多遙遠，我都可以找到你、逮到你，然後用最惡毒的咒言讓你生不如死。」

說完之後，修蕾還語重心長地給一句奉勸。

「如果我是你，我就不敢拿著這枚鑰匙去盜取機密資料。」

望月嚥下口水，說實話，這做法果然是很符合修蕾大人的腹黑作風……

「不過我相信你不會做出這些事情，畢竟你不是別人。」修蕾說完，重新埋頭於工作。

望月為她連續兩次說著「你不是別人」這句話而覺得有些奇怪。

修蕾大人的話裡頭好像隱藏了別的意思。不過，望月沒再問下去，他猜想修蕾大人這麼說定有自己的用意，反正重點是修蕾大人真的把最重要的鑰匙交過給他，這就代表了修蕾大人對他的信任。白優聿不在的話，修蕾大人果然還是像以前一樣信任著他。

這是一件好事。望月難得地好心情，邊走邊露出笑容，白優聿最好別那麼快回來，他還想繼續得到修蕾大人的關注呢！

「哈啾——」陰暗的牢獄裡頭傳出一聲打噴嚏，黑髮男人揉了揉鼻子，隨即搓臂取暖。

「白先生，你沒事吧？」年輕的神父關切地湊過來想要看個究竟，奈何這個地方實在太暗了，他只隱約看到黑髮男子正在搓臂取暖。

「沒事，應該是有人在想念我。」白優聿搖頭一笑。

一定是望月那小子在「想念」他。而且還是那種惡狠狠的程度。他幾乎可以想像到面癱的金髮少年在發現他藏在床下的色情雜誌之後咆哮著要殺他的嘴臉。

「唉，我倒是希望有人知道我們在這裡。」凱爾輕嘆，重新坐下。

話說他們在迪森古董店門前遭遇怪異事件之後就暈了過去，等到他們恢復意識，這才發現己方二人被囚禁在一個陰暗潮濕的牢獄裡頭。神父用盡了一切方法還是無法打開那扇生鏽的鐵門，白優聿也四處敲打，仍是沒有發現到可以逃生的出口。

嘗試逃生到現在的頹然坐著休息，大概已經過了好幾個小時，基於這裡是一片黑暗，白優聿也說不上現在是什麼時候。

教堂的人應該會發現到凱爾神父的失蹤，循著線索找來吧？

說不上是為什麼，白優聿覺得這裡隱隱有一股危機感。詭異的是，之前隱約聽見的歌聲在這裡變得清晰可聞。一直以低泣的聲音唱著同樣的段落，讓白優聿的頭也開始疼了，也有些暈眩。再這樣下去，他會暈去。他發現只要歌聲一響起，他們就會感到暈眩。

黑髮男子暗想，開口問著同樣揉著太陽穴的神父。「你說……那是誰的歌聲？」

在等候救星的當下，他和神父唯一能做的就是聊天，讓自己保持清醒。

「吟唱這歌曲的人很有技巧，每個音調都拿捏得十分準確……」雖然對方像是在哭泣多過在唱歌，凱爾心底暗想。

白優聿蹙眉，果然聽到如是的聲音響起。

「教堂每個禮拜都有唱詩歌，不久前有一個從首都過來的歌唱家剛好來作禮拜，他向我講解了一些唱歌的技巧，所以我稍微懂得。」

「這麼說囚禁我們的是某個變態的歌唱家。」白優聿攤手。說不定變態的歌唱家因為鬱鬱不得志，所以設下陷阱到處捕捉無辜路人，把路人們囚禁在牢獄裡面，天天充當他的觀眾！白優聿開始發揮超級無敵的想像力。

「呃，那也不一定……」

就在這個時候，腳步聲突然響起，白優聿和凱爾不約而同噤聲，凝望著那扇鐵門。

有人來了。

鐵門的鎖孔傳來扭轉的聲音，格喇一聲，伴隨著門被打開，一道微弱的光線投射進來，白優聿和凱爾難以適應地瞇起眼睛。一個高大的男人背光站著，看不清長相。

「這一次只逮到兩個人？」

「是的，他們兩個都是成年人，按理來說應該聽不到慕法爾的歌聲，可是他們仍舊被她的歌聲吸引來到蛋糕店前。」

咦？等一等，歌聲不是從迪森古董店裡面傳出的嗎？怎麼對方說是蛋糕店？

出聲的是站在高大男人面前的一個女子，同樣看不清長相，而且還因為體型嬌小讓人忽略了她的存在。

「嘖，成年人在市場上的交易價錢不高，再怎麼說，他們沒有孩子般純潔討喜。」

「是的，你打算怎麼處置他們？奴隸競標市場快要開始了，我們沒時間在這裡耗下去。」

聽到這裡，白優聿忍不住在心中抗議。什麼叫做他沒有孩子般純潔討喜？他好歹也是一個人見人愛、尤其受到女性歡迎的俊男！

慢著！他們在說……奴隸競標市場?!白優聿的臉色頓時變得難看。

「你們說什麼？奴隸競標不是在十三年前就已經被明文規定禁止了嗎？」身側的年輕神父比他更快，顫聲問著。

顯然的，年輕神父和他一樣，都知曉十三年前甚為流行的奴隸競標。奴隸交易是大陸貴族們一直盛行的遊戲。即使在這個文明法治社會裡頭，奴隸交易這種剝削人權與自由的遊戲受到大眾的劇烈反對，但貴族們在暗地裡仍舊放縱自己沉醉在這種近乎瘋狂的競標遊戲當中。

直到十三年前發生了一宗慘劇。莫羅多城的貴族弗德在奴隸競標市場中一次標下十個稚齡奴隸，也在同一個晚上，弗德放火燒死十個稚齡奴隸，據當時居住在附近的居民轉述，那個晚上孩子們的哭泣聲淒厲，在熊熊大火中淒厲呼救聲逐漸減弱，直到生命殞落方止。

一個月之後的某個夜晚，莫羅多城出現了大陸近年來最強悍兇惡的惡靈，也是引渡人這一百年來遇過最凶悍的——七級惡靈。

弗德家族在那個晚上被惡靈盡數殲滅，發狂的惡靈並沒有因此停下，它掠殺城內的子民，引渡人設在城內的分部也戰敗摧毀，唯有躲入聖艾堡教堂的子民因為教堂的強大結界才倖免於難。

引渡人總部派出不少精英才成功引渡七級惡靈，更調查出惡靈的本身就是當時被弗德活活燒死的十個稚齡奴隸。

不甘心無辜死去的十個稚齡奴隸化成七級惡靈……只為了報復貪婪無恥的人類。

自此之後，國會通過了議案，強制性制止與奴隸競標有關的一切活動，更大大地削減了貴族們的權力。這就是十三年前發生的慘案，記載在引渡人總部史籍上的一個悲痛歷史，從此列入引渡人學園和神學院的課程當中。因此，奴隸競標這四個字對引渡人和神父來說等同於禁忌。

「嘖，奴隸競標在十三年前被禁止是怎麼回事？現在是奴隸競標最盛行的年代！而且今晚我們還有弗德家族的主人當我們的嘉賓！你的言論真是可笑！」

此話一出，白優聿和凱爾目瞪口呆。

高大的男人在說……弗德家族？那個在十三年前就已經死於七級惡靈之手的弗德家族?!

高大的男人冷笑一聲，背光走了進來，一把掐過年輕神父的下巴。

「害怕？」高大男人冷哼揪起凱爾。「你不必害怕，因為害怕對於一個死人來說是多餘的。聽好了，你不會有機會活著離開這裡。」

凱爾的瞳眸縮起，雙腿不由自主發抖。

男人身上的殺氣很重，他知道男人不是在開玩笑。但讓他害怕的不是這一個，而是記憶深處某些可怕的畫面。

他想不起。但他記得那種感覺，那種即使已經很久遠了，還是會讓人害怕的感覺。

他突然覺得自己曾經見過這個高大的男人。

在很久……很久以前……

神父驚惶又困惑地抱住自己的頭，引來高大男人的大笑。

「同樣的，你也是。」高大男人瞄了一眼怔愣不語的白優聿，揚手。「時音，殺了他們。」

嬌小的女人從背光處走過來，左手緩緩拔出腰間的長刀，白優聿一看，頓時哀呼一聲。

我的媽呀——

那是一把鋒利無比的武士刀。

年輕的神父握緊脖子上的十字架，無助地看著時音和武士刀逼前。

「等、等一下！」

白優聿突然大喊起來，一把揪過凱爾的衣襟。

「我什麼也不知道！我只是一個倒楣的路過路人甲！我求你們放我出去！不然把我當作奴隸賣掉也行！我這種樣貌至少也值一些價錢，現在那些貴族太太們不是很喜歡包養小白臉的嗎？我可以好好——」

「哼，沒想到這個男人這麼吵，時音，先殺了他。」

「慢著！要殺也殺神父好了！我是無辜的！無辜的呀！神啊，救救我啊！」

他的大嗓子已經叫對方二人不耐煩了，高大男人捂住耳朵轉身離開，時音連聲低咒上前，舉起武士刀就是一砍——

白優聿瞠目倒在地上，脖子幾乎被砍斷。接著，時音俐落地挺刀直砍，神父同樣倒在血泊中。時音冷笑，抽出一塊白布拭去刀口上的鮮血。然後，她手一揚，染血的白布飄起，落在白優聿的臉上。

她打算轉身離開的同時，奇怪的聲音響起。

噹啷——

宛如鏡子碎裂的聲音在她身後，時音一轉身，愕然發現躺在地上的並不是白優聿和神父的屍體。

——而是兩塊碎布。

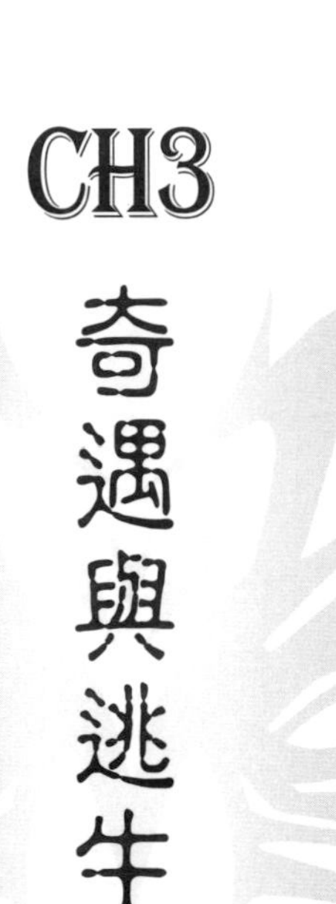

CH3 奇遇與逃生

「走！妳帶著他們到左邊的走廊搜！你們跟著我，這邊走！」

「他們怎麼可能逃出去了？地上躺著的怎麼會是兩塊碎布而不是屍體？要是消息走漏，妳和我就完蛋了！」

「對不起，麥斯，真的非常抱歉！」

雜亂急促的腳步聲響起，分別往左右兩個方向追去，其中還包括高大男人發出的怒吼聲，還有那個叫做時音的女子不住道歉的聲音。

利用水鏡空間一術隱身的白優聿放輕呼吸，等到追逐聲漸漸遠去，他才鬆一口氣。

「白先生……剛才到底是怎麼回事？」年輕的神父心有餘悸地看著身側的黑髮男子。

剛才，白優聿揪過他的衣襟，他只記得對方說了許多求饒的話，緊接著他眼前迸出一道光芒，刺眼得讓他無法睜開眼睛。等到他睜開眼睛之後，白優聿已經帶著他逃出來了。

「我只不過略施小計，那是光之屏鏡，能夠混淆敵人視線，為自己製造逃走的機會。」白優聿輕聲說著。

以光之反射的原理製造逃走的煙幕，其中的原理大概就像是魔術師在表演人體截肢，讓觀眾以為被切開的是人體，其實那只不過是幻覺。

幸好那個叫做時音的女人並沒有靈力，不然的話他的光之屏鏡一定會被對方識破。

「……光之屏鏡？」

「嘛，引渡人慣用的逃生技巧。」

「咦！」

「噢，我忘了告訴你。」白優聿衝著吃驚的神父一笑。「雖然我看起來不怎麼像，不過我之前是執牌引渡人，現在是見習引渡人。」

「咦咿?!」降級了?

這麼一說，年輕的神父更是一頭霧水。他揮手說句「算了你還是別問的好」，鬼祟打量四周。「他們走遠了，我們是時候找出口。」

神父點頭，跟上他的腳步，通道上的光線雖然不算充足，但足以讓他們看清眼前的路線。

「向左走、向右走……凱爾，你認為呢?」

年輕神父蹙眉，扯過白優聿的衣袖。「白先生，我覺得我們應該去找出那些被擄的小孩。」

「嗄?」你腦袋有問題嗎?自身難保還要去救人?

「你沒聽到他們剛才說的嗎?奴隸競標就要開始，這就表示……那些被擄作奴隸的小孩必定在這附近。」

「慢著!你不覺得那個麥斯老大說的話很奇怪嗎?他說他不知道國會已經規定不允許奴隸競標這件事，還說弗德家族的主人是他們的貴賓……」白優聿擰眉看著固執的神父。「橫看豎看都很不可思議吧?」

弗德家族已經在十三年滅亡了!怎麼可能在這個時候充當奴隸競標的貴賓?

「這不是重點。」神父搖頭。

白優聿擰緊了眉頭。「這不是重點的話，哪一樣才是重點啊?」老兄!

「不管麥斯說的是真是假，為了安全起見，我們必須先四處找一找，找到孩子們的話就把這些可憐的孩子救出！」神父說出讓白某人打跌的話。

「就算這裡真的有小孩被囚禁，憑我們兩人也難以救出他們！我們先出去，再找人救他們！」白優聿翻白眼了。

「不可以，這樣太遲了！」神父一臉凜然，拍了一下白優聿的肩膀。「你去找救兵！我去查出小孩們的下落！」

「凱爾……唉！」

白優聿無力地看著奮然就義的神父大步往右邊走去，喚也喚不住。

媽的！為什麼他去到哪裡都會遇上喜歡往死裡鑽的熱血笨蛋？

簡直倒楣！倒楣透頂！

嘴裡不斷碎碎念，他認命地追上神父的腳步。

◎ ◎ ◎

滴答……

滴答……滴答……

小男孩蹲下身，歪著腦袋盯著不斷滴出紅色液體的手臂。

嚴格來說，那條手臂的主人此刻已經雙目圓瞠失去了聲息，但，人體的溫度還在，鮮血還是不斷淌落。

小男孩有些困擾地看著躺在地上橫七豎八的叔叔們。五分鐘之前，這些叔叔還很神氣地拿著皮鞭，嘴裡一邊發出得意的呼喝，一邊揮舞著皮鞭，嚇得其他的小孩們不斷發抖求饒。只有他一點也不覺得害怕。

皮鞭對他來說根本沒有威脅性，就算皮鞭落在他的皮肉上，他也感覺不到痛意。

就好像剛才那樣，一個神氣的叔叔揮鞭打來，結果皮鞭斷了，他連眉頭也不皺一下。然後，在叔叔氣極揮拳打來的同時，他接著叔叔的拳頭，輕輕一擰，叔叔的手臂被他扯下。

溫熱的鮮血噴濺上他的臉頰，有些腥臭。他不喜歡血的氣味。雖然他的本體是一隻使魔，但自從奧拉收養了他之後，他就沒有噬血吃肉的習慣了。

其他的小孩倒是被嚇得尖叫哭泣起來。

在他來不及意識什麼事情發生的時候，那些叔叔們紛紛叫嚷著上前，對他拳打腳踢。但是，不到五分鐘，這些兇狠的叔叔們全部倒下，死了。

其中一個還顫抖吶喊：「他是妖怪！」

他不是妖怪。他只不過是由使魔的本體幻化成人，因為他答應了奧拉，沉睡之後的再次甦醒，他要幫助奧拉守護魯貝爾少爺。

所以，他沒有傷害其他人的意思，他只是依著自己承諾辦事而已。

後來他真的從沉睡之中醒轉，他發現自己竟然變成了小孩，並且身處聖艾堡教堂。

他有些害怕，畢竟自己之前是教廷通緝的目標，他躲藏了好幾天，終於遇上好心的神父

——凱爾。

凱爾神父給他一種安心的感覺，就好像當年的奧拉一樣。相處下來之後，他相信了，凱爾神父真的是他可以信任的人，是一個好人。他本來想把自己的事情告訴凱爾，再請凱爾幫忙找尋魯貝爾，但是昨天晚上他突然聽見了慕法爾的歌聲。

他永遠記得慕法爾是間接害死奧拉的女人！

當他循著歌聲出來找的時候，他突然失去意識，甦醒之後就發現自己和十一個小孩囚禁在這間房間裡。聽這些叔叔說，他們是準備運往奴隸競標市場的人選。

現在該怎麼辦呢？他覺得自己應該逃離這裡，不過他回首看了一眼陷入驚恐的孩子們，他覺得自己有義務帶著他們離開。奧拉以前常告訴他，做人必須心存善意，幫助有困難的人。

「你們跟著我一起走吧。」他伸出手，小孩們紛紛尖叫退開，這讓他更困擾了。「難道你們喜歡留在這裡？」他不太明白人類的想法。當然，奧拉是例外。

小孩們不敢再作聲，驚恐地看著他。他沉吟一下，搖頭。「隨便你們。我要走了，我要去找唱歌的那個人。」

不理會小孩們的反應，他走出門口，剛好一隊人的腳步聲逼近，他站在原地，毫不畏懼地迎上那隊人馬。

「怎麼有個小孩在這裡？」

「啊！這是怎麼回事？羅納他們……死了？」

「是誰做的？是剛才逃走的兩個男人？」

「不對！你看……這小孩的手有鮮血！」

「殺死羅納的是他?!不可能吧！」為數十人的隊伍驚呼起來，他困惑地蹙眉。

這些叔叔和之前那些是同一夥的？而且他怎麼覺得自己好像曾經見過類似的場面？

「別管那麼多！先把這小子綁起來再說！」為首的男人下令。

「別過來，不然你們會死。」他甩去心頭的困惑，平靜地說著事實。

但是，他的忠告被忽略了，兩個男人首先衝上來，一個拿著麻繩，一個打算揪過他的後領。

下一秒，慘叫聲響起。兩隻手臂斷在地上，拖曳出一道血路，剛才衝過來的兩個男人各自失去自己的右臂，痛苦得在地上打滾嚎叫。

剩下的人愣住了……他們不是沒見過血腥場面的人，他們混的是在刀口上打滾的日子，但他們壓根兒想不到一個約莫八歲的男孩竟然在瞬間硬生生地扯斷兩個大男人的手臂！

小男孩歪著腦袋，陷入思考，並沒有去理會周圍因他而起的紛亂。他確定自己剛才是扯斷了男人的手臂，也確實看到鮮血濺出，但是他的感覺不怎麼踏實……彷彿眼前的是虛幻的。

小男孩再次握起拳頭，決定暫時不想這個問題，瞪著眼前的男人們。

「我要見慕法爾，那個唱歌的女人就是慕法爾對嗎？」他冷聲問著。

當年，慕法爾就是被不法分子利用作為誘拐小孩的工具。

他踢開擋路的斷臂，一步步上前，重複著：「慕法爾呢？」說不定找到慕法爾，他就可以找到魯貝爾少爺。

高大壯碩的男人們不由自主後退，剛才負責下令的男人突然大吼一聲，手中的刀子快捷狠辣刺向小男孩的咽喉——

刀刃噹啷一聲落在地上，小男孩的咽喉並沒有被利刃貫穿。

實際上，那把刀子並不是真的刀子，這裡出現的一切果然是虛幻的。確定這一點之後，布魯克的眼神變得更是森冷。

男人瞠目，看著小男孩舉起手扣上自己的咽喉，驚呼來不及逸出，他聽到格喇一聲輕響，自己的頸骨被擰斷了。

「不真實之物，不要阻攔我的去路。」小男孩一揮手，男人高大的身軀撞向一旁的牆壁，沿壁滑落斷了氣。

「……妖、妖怪！」

「走啊！救命啊！」

他瞇眼看著落荒而逃的叔叔們，眸光望向剛才被他折斷手臂但還未暈去的一個男人身上。「你可以告訴我慕法爾的下落嗎？」

即使知道這一切是虛幻，他還是抱著一絲希望，希望自己可以透過慕法爾找到他的魯貝爾少爺。

「不要……不要過來……救命啊！有妖怪！」

「我不是妖怪，我只是想知道慕法爾在哪裡。」

「啊……啊……妖怪……」

他蹲下身來，男人嚇得暈死過去，他懊惱了。就在他打算動手把這個沒用的男人消滅的時候，他再次聽到腳步聲，致使他停下動作回首望著腳步聲的來源，接著他看到一個熟悉的黑袍身影。

「……布魯克！」

那是凱爾神父的聲音。

「神啊！感謝您的慈悲！」聽到慘呼聲而尋至的年輕神父發出感恩的嘆息，一俯身就緊緊抱過小男孩──布魯克。「你真的在這裡！孩子，我找了你多久啊！幸好你沒事！幸好你出現了！」

年輕神父激動的聲音還有有力的擁抱讓布魯克斂去了殺意，他微微仰首，看著狼狽的神父。「你找我？」

「當然！下次你不准再私自離開教堂，因為這樣大家會很擔心，知道嗎？」

擔心，奧拉說過人類的擔心往往是出自對某物的關心和在乎……小男孩突然想起這一點。「……凱爾關心我？」

「不止是我，白先生也很關心你！」

「白先生？」小小的腦袋微側，布魯克看著神父背後站著的黑髮男子。

白優聿本想給這個可愛的小男孩一個親切笑容，當他的眼神落在男孩沾滿鮮血的小手上，他的笑容不禁微僵。接著，黑髮男子看到了地上的斷肢，還有一個頸骨被擰斷而死得雙目圓瞠的男人。

「這是……怎麼回事？」白優聿頓時不寒而慄。

剛才他和神父聽到慘叫聲、呼救聲，他們還以為是孩子們在呼救，匆匆趕至的時候發現好幾個慌忙逃跑的男人，那些人竟然連他和神父都不瞧上一眼，彷彿背後有什麼怪物在追趕……趕到現場之後，映入眼簾的竟是這些斷肢和屍體。

正常人都會產生同樣一個想法，當然此刻被喜悅掩蓋了理智的神父是例外。

「布魯克？」白優聿叫著男孩的名字。

男孩瞪著他，顯然不喜歡他多事一問。

這個時候，神父也發現了屍體和斷肢，驚駭叫道：「我的天啊！這是怎麼回事？」

「他們打我，結果變成了這樣。不過這不是真實的。」布魯克彷彿在說著極其簡單的道理，就好像今天天氣很好，所以我出來散步之類的語氣……

但是，眼前的兩個成年人不約而同倒抽一口氣，以驚詫的眼神看過來，布魯克知道他們吃驚了，不過凱爾神父鬆開手的舉動讓他覺得有些難過。

「凱爾神父……」他的小手嘗試要拉過神父的手。

凱爾一怔，難以置信地開口：「他們……是你殺的？」

「他們早在很久以前死了，不是布魯克下的手，是很久以前就死了。」他重複。

小男孩的說話讓兩個成人完全摸不著頭緒，唯一肯定的是，他們看到好幾個壯碩的大人被分屍了，小男孩安然無恙地站在血泊中。如果這不是小男孩下的手，這裡還有其他的人選嗎？

神父張了張嘴，因為這個震驚的事實而說不出話來。一個小孩秒殺許多壯漢的事實實在太過嚇人。

白優聿終究是見過不少怪異現象的人，他深深吸了一口氣，蹲下身來。「布魯克，這裡有其他的小孩嗎？」

男孩以敵意十足的眼神瞪著黑髮男子，不過當男孩的視線迎上他的眼瞳之時，男孩微訝地眨眼，小手微揚想要撫上他的臉頰，但最後還是止住了自己的舉動。

「……他們在裡面。大家都很害怕。不過他們也不是真實的。」男孩垂首，他希望這個擁有強大潛在力量的男人聽得懂他的話。

「凱爾，我先進去看——」白優聿邊說邊跨過地上那些可怕的斷肢和屍體，一踏入這間面積比較大的牢獄，他突然愣掉，偌大的空間裡頭什麼也沒有。

什麼也沒有的意思就是——裡面竟然空無一人！布魯克不是說被擄作奴隸的孩子們就在裡面的嗎？

「白先生，什麼事？」冷靜下來的凱爾很快走了上來，後頭還跟了布魯克，同樣的，看到空無一人的狀況之下，神父當場愣住……冷颼颼的風颳過他們的臉頰，他們不由自主地抖了起來。

「布魯克！」回過神來的神父突然拉過小男孩，嚴厲地一喝。「孩子們呢？」

「他們不存在啊。」布魯克被嚇著了，囁嚅著。「一開始，他們就是不真實的存在，雖然剛才布魯克也看到他們了，不過時間一到，他們就會消失……」

神父一愣，完全不明白小男孩在說什麼。

白優聿指了指空無一人的牢獄。「這裡沒人，應該是很久沒人入住過，你看那些垂直下來的青苔和毛球般的灰塵……」

「可是我們剛才還聽到麥斯和時音說過這裡囚禁了充作奴隸的孩子！」神父激動說著，指著倒在牢獄外面的屍體。「倒在外面的屍體不就是負責看守孩子們的守衛——」

「凱爾。」白優聿突然打斷激動的神父。

被打斷的凱爾看這白優聿煞白的臉色還有隱隱抽搐的臉部肌肉，不禁一怔。

「……都不見了。」

「不見了？」

黑髮男子指向神父的後方，是剛才那些斷肢和屍體所在之處，手指抖得像秋天的落葉。

凱爾不由自主地轉身看去……下一秒，他雙腿一軟，幾乎站不穩，什麼也沒有……一如白優聿所說的，不見了……剛才那些斷肢，那個頸骨被擰斷的屍體，還有那些亂七八糟的血跡武器什麼的……全部都不見了。

颼颼颳過的僅是地下通道上的寒風。

「哈哈哈。」人總是會在極度逼迫的情況之下做出反常的舉動。白優韋在極度恐慌之下突然很沒神經地笑了起來，邊笑邊感覺到自己的手腳都在發抖，按照一般的情況下，這個時候望月應該會跳出來在他的後腦重重一巴，臭著一張臉告訴他：白爛人，你抖個屁呀，連這種程度的幻術都看不出來嗎？

……但，沒有。

他大笑了十秒，眼前的景況還是一如剛才，什麼也沒改變。

「我們是見到鬼了嗎？」接受到神父和男孩投來「你是不是瘋了」的眼神，白優韋清咳一聲，開了一個超爛的玩笑。

「白先生，人們口中所謂的鬼，也就是你和我熟知的惡靈，但是我們之前也確認了，這裡沒有惡靈作亂的跡象……」神父投來一記很無力的白眼。

白優韋明白神父那記白眼是什麼意思，對方大概是在質疑他是不是一個引渡人，連見鬼這個詞彙也說得出口。

「我只是在打個比喻，嘗試讓氣氛變得輕鬆一點——咦？」說到輕鬆二字，白優韋突然打住。在遇見布魯克之前，他和神父好像很忙似的，他們在忙些什麼來著？

啊！對了！他們在忙著躲追兵！

但，剛才他們又喊又叫的，時音還有那個叫做麥斯的首領難道沒有發現到他們嗎？至少那班急著逃命、和他們碰過面的手下們也會帶著一隊又一隊的幫手過來了吧？

「凱爾，你是不是正在想著我想著的事情？」他發現神父同樣陷入思忖。年輕神父眉頭皺得死緊，道出他的想法。「那些人沒有追上來。」

「他們該不會是同樣……不見了吧？」白優聿突然間又很想仰天大笑了。

年輕神父的臉色變得更是蒼白，習慣性地握緊胸口的十字架低念著祝禱的語句。

只有布魯克這枚淡定的小男孩順著牆壁蹲下身來，抱著雙膝靜靜聽著兩個大人說話。他剛才就告訴了兩個成人，這裡一切都是不真實的，偏偏他們有聽沒懂，還對他大吼大叫的。但沒多久，他突然看到前方飄過一個熟悉的身影，讓他驚喜地跳起來，想也不想就朝著身影消失的方向奔跑過去。

原本打算打斷神父祝禱的白優聿忙不迭高聲叫道：「布魯克！你去哪裡？」

小男孩已經跑得老遠，被驚醒的神父連忙追上去，白優聿也只好追上。

可是，沒人理會追得氣喘吁吁並且遠遠被拋離的白優聿。

白優聿扶額暗嘆一句：該死的，這些人平日都是沒事做就是喜歡練跑步的嗎……

而且倒楣的是，在他自怨自艾的時候，前方一大一小的背影就這樣跑出他的視線範圍，隱入黑暗之中。

「凱爾神父！布魯克！」咬緊牙關卯足全力開跑的白優聿逐漸加速，但仍舊沒追上前方的一大一小。「你們在哪裡？回應一下我好嗎？」地下通道上響起回音，最後那個「嗎」字拖得又長又響……

靠！他媽的！凱爾和布魯克到底在哪裡？難不成他們也跟著不見了?!上天要戲弄他也不是這樣戲弄的嘛！他、要、發、火、了！

「你他媽的幕後黑手給本大爺聽好！要是被本大爺找到你，你就死定了！」光火之下變得異常奮勇兼語無倫次的白優聿咬牙喊話。地下通道再度響起「你就死定了」這五個字的回音，該死的，連回音也要戲弄他是吧？

白優聿停下腳步，深吸一口氣，豁出去了。冗長複雜的咒言自他嘴裡逸出，那是祈求光明力量為信仰者摒除一切障礙幻覺、淨化一切黑暗元素的咒言。但是，他的靈力指數此刻不強，這種強大的淨化咒言根本達不到功效……望了一眼如舊的四周，白優聿沮喪地按住額頭。

陡然間，一聲不小的爆炸聲在不遠的前方響起。

「……我應該不是念錯了咒言吧？」驚醒的白優聿一臉黑線。

雖然他是一個不務正業的引渡人，和望月組成搭檔之後多數是在混日子，不過他可沒有把以前的特訓忘記得一乾二淨……至少他還特別記得逃生用的、淨化用的咒言。

硝煙味道飄了過來，白優聿捂住口鼻，瞇眼看著逐漸靠近的一道影子。

咦？是人！有人來了！

嗚嗚，他總算有人相伴了啦！不管這個來者是男是女，是美是醜，是神父是布魯克還是阿貓阿狗，他都要好好給這個來者一個擁抱！硝煙下，來者終於走了出來，那人依稀是一個男子。

「該死！這是什麼地方？」

熟悉的口音一下子讓白優聿沒了主動送上擁抱的衝動。男子揮去肩上的塵土，俊臉上盡是不滿的表情，紫色的髮絲因為沾上塵土而變得灰白，但白優聿還是一下子認出了這張欠揍的臉龐主人是誰。

「……噴火怪物?!」

對方同樣因為他這個獨有的稱呼而認出他，低呼起來：「白廢柴！」

白優聿垂下肩膀，他現在確認了一點──那就是上天果然是打算把他戲弄到至死方休的地步！他寧願遇上五六七八級的惡靈也不願遇上這個噴火怪物。對了，這個噴火怪物的名字叫做──死人喬，當然死人不是對方的姓氏，僅是他白優聿特別為對方冠上的稱號。

「為什麼你老是出現在我面前？該死！」喬被他的哀莫大於心死的表情激怒了。

「這句話該換我來說吧……」白痴。

「我知道了！你剛才一定是故意唱歌，故意引誘迷路的我來到這裡的，對不對？」喬直接揪過白某人的衣襟，口沫橫飛質問。

唱歌？噴火怪物在說什麼啊？等一下──

「你剛才說你迷路了？」白優聿發現自己遺漏這個重點。

喬的表情頓時一僵，被白某人戳中了痛腳。

氣勢減弱的紫髮男子很快回吼。「我迷路關你屁事啊！」

「真是的，明知道自己是大路痴就別到處亂逛，路克一年到尾四處張貼告示尋找搭檔不知有多辛苦啊，你偏偏學不乖……」

挖苦的話不經大腦說出，喬的臉色漲紅，就要一如既往的揮拳打人，但白優聿突然怪叫一聲，成功讓喬怔住。

白優聿緊緊揪過對方的手臂，興奮大叫：「你剛剛是從外面進來的吧？這就代表——你知道出口在哪裡！」

CH4 獸靈與使魔

「望月少爺，這是您要的資料。」望月抬頭，看著眼前就算看了好多次仍是覺得不習慣的老伯，稱謝接過對方遞來的資料。

老伯轉身，燕尾服下的大尾巴一搖一擺的，隨著主人的腳步左右揮動。即使從小到大在這裡長大的望月，還是無法習慣這些平常只會出現在某些駐守支點上的獸靈。

他此刻身處修蕾大人宅邸的第七層地下室，也就是藏了許多重要機密的地方，眼前這個年約六十的老伯是駐守在這一層地下室的獸靈。

人死之後留魂，或被稱為亡魂，亡魂必須在限定時間內在引渡人的指引之下走向輪迴之門，當一抹亡魂對人世間仍存極深的羈絆，亡魂就不會按照天地常規落入輪迴之門，他們多數會停留在念念不忘的人或物身邊，日子一久，忘記輪迴的亡魂將變成惡靈，惡靈就是讓引渡人工作繁重的原因之一。

此外，世間萬物皆有魂，當這些生命枯萎凋零之後，他們的魂會主動變成靈，體型越大、智商越接近人類的動物亡魂越有可能變成獸靈。所謂獸靈，通常指的是靈性甚高並且和引渡人結下契約的動物亡魂，當他們的生命殞落之後，引渡人可以透過契約之術，賜予他們半人半獸的軀體，以契約束縛他們成為自己出任務時候的助手。

總部裡面曾經有一位叫做諾巴·李斐特的墨級引渡人就是深諳契約之術的高手，聽說他手下有超過半百的獸靈助手。

除此之外，逝世之後擁有甚高靈性的動物亡魂要是沒與引渡人結下契約，他們會被強行引渡至輪迴之門，免得逗留在人世的他們被執念影響，逐漸變成惡靈。至於那些未被引渡且變成惡靈的動物亡魂——引渡人給予他們一個名稱，喚作使魔。

自從十三年前，那位叫做諾巴．李斐特的墨級引渡人逝世之後，總部至今為止都沒出現過一個擅長與動物亡魂結下契約的引渡人，因此，總部鑒於這個原因，設立了一個專門引渡動物亡魂的隊伍。

至於修蕾大人呢，則是利用另外一個方法讓這些靈性甚高的獸靈成為守護家宅的守護神。不過，這也是好多年前的事情了……比方說眼前這位老伯，如果他沒有記錯的話，對方前身是一隻黑狼，在修蕾大人府邸至少服務了十年，對方的尾巴此刻正隨著主人的快樂哼曲而輕輕晃動，望月看得臉上冒出黑線。

當然，這些獸靈只有靈力較高的引渡人才看得見，就好像上次白優聿到訪修蕾大人府邸的時候，對方就沒能夠瞧見守護在門口的兩隻獸靈。反倒是……他覺得洛菲琳應該有看到。

「望月少爺，我為您準備了茶。」獸靈端上一杯清香的花茶，打斷望月的思緒，望月再次道謝，邊喝茶邊翻找著手上的資料。

突然間，他發現了古老史籍上記載的一行字好像似曾相識，他連忙擱下茶杯去翻找一旁的資料。找到之後，他連忙對照，越是對照，他眉頭擰得越緊。

「沃夫先生，我有急事先走了，這裡麻煩你。」金髮少年隨即站起，拿過抄下的筆記本走向門口。

「好的，您已經找到資料了嗎？」

「嗯，就是找到了……才麻煩。」一說完，金髮少年轉身離開，第七層地下室的大門也在他離開之後輕輕關上。關上之後的大門立刻呈現霧化狀態，本是插在鑰匙孔內的金色鑰匙也咻的一聲回到金髮少年手心。

望月握緊鑰匙，大步走向往上延伸的樓梯，臉色變得無比凝重，他找到了有關赤色聖環的資料。這件看起來很簡單的事情原來一點也不簡單，他懷疑交託任務給他的奕天行是不是對此事毫不知情，抑或是早已知道這件事……不管如何，他必須約對方出來詳談，因為這是一個足以毀了世界的大問題！

望月急步走出修蕾的宅邸，這才發現外面的天色已晚，他想起奕天行說過自己住在學園東翼的教職人員宿舍，於是他決定親自過去找對方。教職人員宿舍座落在學園的東邊部位，是一個較為僻靜的地方。宿舍的另一側是築起的圍牆，圍牆的外面並不屬於梵杉學園的範圍。因此教職人員宿舍被視為學園的另一道防線，因為想要從東邊圍牆溜進學園的人必須先闖過梵杉學園師長們的這一關，梵杉學園裡的每一個老師都有不遜於總部精英的能力。

「望月！你來這裡幹嘛？」

望月一抬頭就迎上一團會說話的巨型肥肉，在學園的老師當中，擁有這種讓人只瞄一眼就絕對不會錯認身材的是——訓導主任。

「訓導主任，我是來找奕老師的。」他恭敬地回話。

「奕老師？」訓導主任瞇起原本已經很像米粒般大小的眼睛，望月簡直看不清對方眼睛了。

「是來找他討論作業？」

「是的。他交代了一項功課，我想過來找他討論一下功課的進度。」

「果然是梵杉學園的模範生！他在三樓的三三九，你進去吧！」訓導主任粗大的肥手用力拍上望月的肩膀。

瘦削的金髮少年覺得自己的肩骨快要斷了。他連忙謝過訓導主任，一邊揉著肩骨一邊走上三樓。

「奕老師？」來到門前的望月喚著對方。

房門虛掩，裡面傳出燈光，他隱隱覺得奕天行在等著他的到來。於是，他推門而入，果然不出所料，奕天行坐在一旁等著他的到來，桌上還擱著兩杯剛剛泡好的咖啡。

「我可以把你的深夜到訪解讀為你成功找到赤色聖環的資料嗎？」奕天行微笑看著他。

「哼！我之前還有一絲的疑惑，不過聽你這麼說，我肯定了。」金髮少年雙手環抱盯著笑得和狐狸沒兩樣的男人，繼續說著：「你早就知道赤色聖環是什麼東西。」

「噢，你查出了這件東西。不愧是望月，速度真快！」男人一擊掌，表示激賞。

「不如換你說說看，你刻意讓我接觸這個東西的目的是什麼？」

「沒有任何的目的，我只是想透過你找出我感興趣的事。」

「顯然的，你感興趣的並不是赤色聖環。」

「唉，你怎麼能夠如此敏銳呢？真可惜，教廷裡面缺乏的就是你這種人才。」

教廷?望月一怔，奕天行不是總部派來的嗎?怎麼對方的口吻聽起來比較像是教廷的人?但，金髮少年很快冷靜下來。

「我對你的背景還是什麼的沒興趣，我只是要知道這件危險物品的下落。」

「抱歉，我直到現在還是不清楚這件物品的下落。」奕天行無奈地攤手。

望月挑眉，向來冷靜敏銳的他很快分析出自己下一步該怎麼做。

「既然如此，我會直接將此事彙報給修蕾大人知道。」

「你覺得有必要嗎?」奕天行看著他，邊笑邊搖頭，彷彿少年做了什麼愚蠢的事情。

望月有些惱了，他正要轉身離去，背後突然響起一道熟悉的聲音。

「的確沒必要。」

「……修蕾大人?!」少年驚詫地看著此時出現的修蕾。

此刻的修蕾難得地轉換成男性的軀體，柔軟的長髮束起，俊美得雄雌難辨的臉龐上有著一貫的淡笑。

「唷，理事長，我等妳很久了。」奕天行仔細打量修蕾，吹了一下口哨。「話說回頭，我還是第一次看到轉換成男性的妳，雖然在這之前我也聽說過妳的能力。」

傳說中，這個看似普通的理事長大人當年憑著這種特殊的能力，曾經創下不少輝煌的戰勳。要不是對方為了繼承家族事業選擇當上梵杉學園理事長的話，現在總部那些高級幹部都成了她的屬下。

「在有需要的情況下，我都是以這個樣子示人。」修蕾淡淡一笑，睨了一眼桌上的咖啡。

「奕君應該知道我會過來吧？」

「當然，瞧……咖啡也為妳泡好了。」奕天行皮笑肉不笑。

「你真客氣，能夠喝到教廷的光明騎士為我泡的咖啡，真是榮幸之至。」修蕾優雅地坐下，朝望月招了招手。

完全在狀況之外的望月順從地上前，他對修蕾大人自由轉換性別的能力不感到陌生，吃驚的是他沒想到修蕾大人會出現。

「望月，你記得課本上讀過教廷和引渡人會互相派出使者前往彼方總部駐守這件事？」

望月點了點頭，不禁微訝。「奕天行就是……」

「他是被教廷賦予光明騎士稱號的使者，大概是閒著沒事做所以才要求總帥讓他來到我們的學園。」

「理事長，你是繼白優聿之後第二個這麼認為的人。」奕天行哈哈一笑。

「我和白同學心靈相通這一點是不爭的事實。」修蕾淺笑，看向望月。「望月，我剛剛收到總帥的指令，他要你和路克一起去執行一項任務，路克此刻在南面的出口等你，你去準備吧。」

「修蕾大人——」

「這件事交由我處理，別忘了，關於赤色聖環的資料，還是我交給你的。」修蕾指的是第七層地下室。

望月無話可說，深深望了奕天行一眼之後才離開。

修蕾朝望月的背影伸出手，緩緩收緊五指，緊握成拳，淡淡的光芒從望月背後浮現，凝聚於修蕾掌心，下一秒，空氣中傳來燒焦的味道。

「繞一大圈只為了查出我是不是收藏了赤色聖環的資料？奕君，你要知道的話，儘管問我不就更好？」修蕾冷笑，手心攤開，一枚焦黑的十字架躺在上面，奕天行眉一挑，隨即失笑。

「理事長大人，妳也太狠了，一下子就摧毀我的眼線，要知道訂做這種隱形十字架是很費時費力的。」

「這筆帳算在總帥的頭上吧。」修蕾繼續掛著唇邊的冷笑。「我不喜歡別人在我學生的身上放一些莫名其妙的跟蹤器還是監視器。」

「妳果然是一個難纏的人物。」望月那小子的本領是學自修蕾的吧？奕天行意味深長地看著長髮「男」子。「我只是想知道妳、總帥與赤色聖環和伊格背叛事件有什麼關聯。」

「我記得那些都是引渡人這一邊的事情，什麼時候教廷的人對咱們的事感興趣？」

「因為我們手上掌握了伊格的其中一段預言。」奕天行湊前，盯著神色自若的修蕾。「吾身歿後的第十三個冬天，赤色太陽將劃破陰暗冬夜，賦予替代之身甦醒的力量。屆時，人世將永臨冬夜，一如吾批下的預言。」

此話一出，修蕾的笑容微斂。

奕天行知道對方再也偽裝不出鎮定了。「赤色的太陽在史籍上有記載，當中的描述並不是指天空上那顆太陽，而是——」

「李斐特家族世代守護的聖物。刻上古老神諭，傳說中擁有死而復生能力的赤紅手鐲——赤色聖環。」修蕾為他接下去。

奕天行瞇眼。「但是，赤色聖環在十三年前消失了。在伊格背叛事件的半年之後消失了。」

「我知道。」

「那麼理事長可知道聖環的下落？」

修蕾抬眸一笑。「奕君你認為我知道？」

「據我所知，守護聖環的李斐特家族世代都是引渡人，上一代的李斐特家族首領，諾巴．李斐特甚至還是總部的墨級引渡人。守護聖環的他們世代相傳一種能力，就是可以和獸靈達成契約，當時諾巴的手下就有超過半百的獸靈不是？」

「所以？」修蕾聳肩。

「也就是說，聖環擁有號召獸靈的力量，守護聖環的人才能夠和獸靈達成契約。」奕天行頓了一下，盯著神色淡漠的修蕾。「據知理事長府上也有不少獸靈的存在，或許理事長可以解釋一下妳是靠什麼力量和這些獸靈達成契約？」

獸靈，指的是靈性甚高的動物亡魂。他們只會被具有神聖力量的聖物吸引，從而達成契約，歷史上至今能夠和獸靈達成契約的只有李斐特家族的人。

「奕君就憑這一點懷疑我？我手上並沒有赤色聖環。」修蕾冷聲回話：「現在各方人士都在找尋聖環的下落，包括我們的敵人——蘭可。」

說出這個如同禁忌的名字，奕天行的臉色變得有些難看，熟知當年發生什麼事情的人大概都會露出同樣表情。

「我還以為引渡人總部並沒有注意到這件事。」奕天行冷笑。

「事實上，總帥已經派了白優聿去追查赤色聖環和李斐特家族傳人的下落。望月和路克則是負責追查蘭可和手下的下落。」修蕾坦然相告。

「這麼說，擁有相同目標的我們不是敵人？」奕天行沒想到對方會如此坦白，不過他可沒打算告訴對方，自己同樣派了兩個得力助手前往追查赤色聖環和李斐特家族傳人的下落。

「就目前情況看來，的確不是。」修蕾一笑，優雅地啜口咖啡。「只要教廷不插手干預、不多管閒事的話。」

「可是我不這麼認為。」奕天行呵呵一笑，眸光卻是冷凝。「教廷有必要阻止不該發生的慘劇，我有預感，讓慘劇發生的多半是你們引渡人總部裡面的內鬼。」

「奕君懷疑引渡人總部有內鬼？」

「真聰明。而且我覺得那號內鬼應該就是此刻坐在我面前悠閒喝咖啡的某人。」奕天行別具深意地盯著修蕾。

修蕾瞇了瞇眼，好整以暇喝完一杯咖啡。「直覺多半不可靠，因為沒有幾個人會相信這種沒有根據的直覺。」

「如果我有證據的話，理事長此刻大概蹲在中央大法庭的牢獄裡頭吧。」

被指名道姓的某人依舊悠閒地喝著咖啡，連奕天行也開始佩服對方的沉著，氣氛變得有些緊繃，直到修蕾放下咖啡杯，抬頭看了一眼外面的夜色。

「不早了，我是時候回去。」修蕾回以一笑，站起走向門口，臨走前揮手。「謝了，雖然你的咖啡並不好喝。」

奕天行微微咬牙，盯著對方離開，一直躲在角落的女孩走了出來，有些緊張地問著。「奕君，我們是不是要繼續暗中監視修蕾？」

自從她上次在修蕾的府邸發現獸靈之後，奕天行就派她暗中監視修蕾。

「妳沒發覺我們製造的隱形十字架都被消滅了嗎？」奕天行搖頭，睨了一眼吃驚的女孩。「還有，妳忘記了之前收集的情報嗎？那個人只在有需要的時候才以男身示人。」

洛菲琳頓時想起了「有需要的時候」代表什麼，和敵人對峙就是所謂的有需要的時候。修蕾把奕君視為敵人了？她突然明白修蕾一進來時所說的話，要是剛才奕君再追問下去，修蕾恐怕是會動真格，雖然她不清楚修蕾的靈力程度，不過按照對方可以徒手毀滅隱形十字架的情況看來，修蕾的能力不會差到哪裡去。

「洛菲琳，這段時間妳暫停監視行動，等我向教廷彙報此事之後再作打算。」奕天行沉聲吩咐。

「是。」

「你是不是被爆炸聲轟得神智不清了？好端端的人竟然會不見！最扯的是屍體也會不見，他們是屍變跑路了嗎？」

「你才是神智不清兼腦殘！我前前後後說了五遍，你還是沒聽清楚？我親眼看著他們消失，包括那些並沒有屍變但跑路了的屍體！」

「靠！我聽你瞎扯下去的結果只有一個，就是我先掐死你！」

「你娘的！你的腦袋比三年前更退化！完全聽不清楚人話！」

「白廢柴！你帶種的話再說一遍！」

「哼！同樣一番話要我重複兩次，你不是腦退化是什麼？」

吵得忘我的兩人組一邊吼叫一邊往前直走，雖然彼此嘴裡都說著不饒人的話，但是在這條深長狹窄的地下通道上，他們無法不並肩一起走。重點是，即使再不願意，白優聿還是不敢選擇自己一個人走，因為他總是覺得大家突然消失的背後有著重大而可怕的陰謀，怕死的他怎麼可能獨自去面對？橫豎也要拉噴火怪物作伴。

「喂，你確定自己剛才是從這個方向進來的？」走了好一段路，神父、布魯克還是其他人固然沒見到，但是剛才紫髮男子信誓旦旦就在前方的出口依然看不見，白優聿狐疑地盯著號稱引渡人歷史上第一大路痴的喬。

紫髮男子兇狠瞪過來。「這條鬼地下通道只有一個方向，沒有任何的岔路，你以為我這樣也會迷路嗎？」

白優聿很想點頭，但是顧慮到這是攸關性命的問題，只好選擇默不作聲。他其實還擔心著一直不見蹤影的凱爾神父和布魯克。

「話說回頭，你怎麼會在這裡出現？」並肩走著，吵嘴吵得累了的二人難得地安靜下來，但沒多久白優聿又開口了，他不習慣這種沉默，尤其對象是平日一見面就吵得臉紅耳赤的喬。

紫髮男子再瞪過來，低罵一句：「關你鳥事。」

狗果然改不了吃屎……白優聿在心底貶對方一句。

「獨羅傳來消息，當年的封印好像出了一些問題。」好半晌，喬傳來悶悶的回答。

嘖，終究還是說話了吧？真是一隻奇怪的噴火怪物。

「當年的封印？是封鎖七級惡靈遺下執念的那個封印？」好吧，他承認他好奇了。

「嗯……十三年前，引渡人總部引渡了莫羅多城內出現的七級惡靈。惡靈的級別越強，留下的執念與怨氣越強，總部雖然成功引渡惡靈，但化解不了惡靈留下的執念，這些執念要是轉移到普通亡魂身上，亡魂極有可能化作同樣等級的惡靈，所以當年總部大動員以強大的封印封鎖了七級惡靈留下的執念。」紫髮男子臭著臉解說。

看他的樣子，白優聿就知道對方答得很不情願。

「所以，經過十三年的時間，封印效力減弱了？」白優聿挑眉。

「那些是總部墨級引渡人設下的封印，哪有那麼快變得弱化？你白痴啊你！」喬兇巴巴一吼，寒著一張臉。「有人動了手腳，解除了封印的百分之五十。」

這是情報組——獨羅傳來的消息，為了確認封印的安全性，總部派了他和獨羅分設的小莎前往調查。但是，當他們抵達莫羅多城之後，身為大路痴的喬就和小莎失散了，誤打誤撞之下來到北區，當他感應到某種不屬於引渡人也不屬於惡靈的微弱靈力之後，好奇的他循著那股氣息找來，來到北區的一間古董店門前……好像是叫做迪森古董店吧！結果奇怪的歌聲響起，喬被催眠得幾乎失去意識的情況之下怒意爆發，連發了七次火彈攻擊，等到硝煙散盡，他意外發現自己身處詭異的地下通道，而且還遇上白優聿。

「是這樣的嗎？」聽完之後，白優聿也想起自己同樣是被歌聲催眠之後、失去意識的情況下進入這個地下通道。之前在逃跑的途中，他問過了神父，神父表示自己也不清楚他們是如何進入這條地下通道。難道這擁有催眠力量的歌聲和封印變淡一事扯上關係？

「對了，我有獨羅組組員專用的通訊器，我怎麼沒想到該用這個聯絡她呢……」喬突然想起小莎之前給他狀似符咒的通訊器，他到底把那張符咒塞去了什麼地方。

白優聿沒去理會忙著找符咒的紫髮男子，陷入思忖。這不是一件小事……七級惡靈留下的執念和怨氣足以讓任何一個未被引渡的亡魂轉換成高級的惡靈，十三年前引渡一個七級惡靈就害得總部兩位墨級引渡人喪命，要是被他們遇上，他們說不定連開打的機會都沒有就和世界說再見了。他想問是誰動了手腳，但轉念一想，能夠解除墨級引渡人設下的封印，那個人應該不是普通人。他不由自主想起之前碰上的琰和莉雅，還有他們口中的「那位大人」。

「怎麼？聽到這個消息嚇傻了？」喬譏諷著，手裡拿著好不容易翻找出來的符咒，上面寫了密密麻麻的咒言，那是獨羅組組員用來互相聯絡的特殊通訊器，他剛好可以利用這個來聯絡小莎，吩咐她在通道出口集合，至於能不能夠順利找到出口這一點就被紫髮男子華麗地忽略掉了。

這個時候身邊響起某人的涼涼譏諷：「的確有點被嚇倒。因為你連調查個封印也可以迷路來到地下通道。」

「白廢柴！你該死的△％＆╳……」

白優聿聳肩忽略掉難以入耳的粗口，盯著暴跳如雷的噴火怪物，平靜地接受了對方問候他家十八代祖宗的另類問候語，就在這個時候，前方飄來了清晰的歌聲，同樣的嗓子唱著同樣的段落，對方以讓人冒起雞皮疙瘩的低泣聲吟唱。

喬鬆開手，和白優聿不約而同望向前方，前方什麼也沒有……不是惡靈，身為執牌引渡人的喬可以輕易分辨出惡靈是否存在，他感覺不到惡靈的氣息。然後，歌聲靜止了……昏昏欲睡的白優聿暗自捏著自己的手臂，這才保持清醒。

「去前面看一看。」有些暈眩的喬甩了甩頭，一說完就大步向前，白優聿連忙跟上。

陡然間，靜止的通道內開始颳起風，吹得他的髮絲飛揚，他舉臂護在面前，身邊的喬停下腳步，露出吃驚的表情。說實話，他很少見到噴火怪物會露出這種表情，要不是現在情況特殊，他肯定會好好嘲笑對方一番。

「怎麼可能有……兩個你？」接下來，喬說出讓人摸不著頭緒的話。

白優聿只好朝著紫髮男子所指的方向看去，看清之後，他整個人愣掉了。

他好像看到了老人家說的「在往生之前會看到生前的記憶一幕幕呈現眼前」……不過，眼前的一幕幕並不是他人生中二十三年的記憶畫面，而是大概在半個小時前發生的經過——白優聿用力嚥下口水，狠狠掐了自己手臂一記……痛，很好！他清醒著，不是作夢，他終於明白喬為什麼會說「有兩個你」。

此刻呈現在他眼前的畫面是不久之前的一幕，他看到那個叫做麥斯的高大男人掐住凱爾神父的下巴，對他們撂下威脅之後吩咐隨從，那個叫做時音的矮小女人幹掉他和神父。他看到自己在時音拿著武士刀走上來的時候，扯過神父的衣服，嘴裡胡亂大叫，暗中施下光之屏鏡的一幕。他也看到自己帶著神父逃跑出來躲去沒人發現的角落，看著麥斯老大氣急敗壞呼喝手下追蹤他和神父的下落。

詭異的事情發生了……那些手下凶神惡煞衝上來，他和喬自然而然往兩旁讓去，但狹窄的通道哪裡容得下那麼多人呢，這些兇狠的手下直接穿透過他和喬的身軀，感覺上像是輕輕掃過的微風撲面，一眨眼，兇狠的手下們已經奔向他們身後的方向。

他看到喬的臉色煞白。他想……自己的臉色應該也好不到哪裡去，因為他剛剛看到另一個白優聿拉著神父悄然逃出來，選擇奔向另一個方向，接下來，他聽到了尖叫聲和慘叫聲，如果他沒猜錯的話，他大概知道自己會看到什麼了。

果然……他和喬轉身的同時看到了滿地的屍體和斷肢，一個八歲的男孩困擾地站在原地，手上沾滿血跡，然後，另一號白優聿和神父奔了過去，發出質問和低呼。

「啪！」白優聿的後腦驀地被人一拍，他痛得瞇眼一瞪，發現喬一臉驚愕的看著自己。

「咦，眼前的你是實體？」

「你這隻腦殘的噴火怪物！你巴我一記就是為了做實驗？」白優聿咬牙切齒。

「這是怎麼回事？」喬不理白某人的反應，蹙起眉頭。「這是……幻術？」喬以不太確定的語氣說著。

白優聿蹙眉，突然間想起不久前小布魯克對他和神父說過的話：這不是真實的。他終於明白小男孩為什麼會說出這句話。可是，小男孩怎麼看得出這是虛幻的呢？

「喂！你說話啊！」喬推了沉默的他一把。

「你心急個屁啊。」白優聿沉吟了一下，想到之前遇上的類似情景。「這不是幻術。如果是幻術的話，身為執牌引渡人的你應該一下子就察覺出來了。這比較像是記憶的碎片，好像上次在海頓學園破壞了尼瑙之眼之後，呈現出來的清晰畫面。」

上次在海頓學園，尼瑙之眼被他的封印破壞之後就呈現了克羅恩的記憶碎片，眼前的情況和之前的非常相似，只不過他看不出這裡有另一號承載記憶的尼瑙之眼存在。所以他和神父剛才遇上的人……都是屬於記憶碎片中出現過的角色。

這次呈現在他們眼前的記憶碎片到底是誰的？難道是那陣低泣歌聲的主人？

「喂，你記得解印之後的事情？」喬出聲打斷他的沉思，狐疑盯著他。

路克說過，白廢柴必須喝下望月的血液才能夠解開封印。但是封印解開之後，白優聿被聖示之痕主宰意識，完全記不起當時自己做過的事情。

「……不太記得。」白優聿有些心虛地避開喬的眼神。

人。」

「哼，算了，那就這麼辦吧。」喬沒心情理會他的心虛表情，鬆著手骨。

「什麼叫做就這麼辦？」白優聿反應不過來。

「把這裡炸開、炸個乾淨，一來可以順利找到出口，二來說不定可以逼出記憶碎片的主人。」

「炸？你別發神經！這裡是地下通道，塌下來會死人——」

「閉嘴啦你！」

「打死我都不允許你這麼做！」

「你抱著老子作啥？閃邊去，礙手礙腳！」

「我打死也不放手！」

「簡單！我就先把你打掛再炸這裡！」

就要動手的喬和死也不放手的白優聿突然間全身一僵，一把類似獸類的低吼聲響徹整個通道，震得通道的牆壁晃動起來。

「靠！那是什麼……」白優聿揉著嗡嗡響的耳朵。

「獅子？好像是獅子的吼聲！」喬驚訝說著。

你該不會想說這個地下通道藏了獅子之類的猛獸吧……白優聿默默想著，如果真是這樣的話，他只好仰天一嘆：天要亡我也！

就在這個時候，他聽到了喬發出的抽氣聲，他連忙轉身，不禁張口結舌。完了……上天果然是喜歡玩弄他，平日他祈禱會遇上十個絕色美女向自己投懷送抱的話語，上天選擇沒聽見，現在他只不過偶爾吐槽一句，上天就讓他的吐槽變成現實。

一隻身形比一般獅子巨大上兩倍的金毛獅子衝著過來！他覺得自己的軀體還不夠讓金毛獅王塞牙縫，最可怕的是，他好像看到一個長得和凱爾神父很相似的黑袍神父被獅王叼在嘴裡！天啊！凱爾被叼走！布魯克呢？被吃掉了嗎？

來不及擔心這一點，他聽著身邊的喬大吼一聲，噴火怪物在叫什麼他聽不清楚，只覺得自己被一股力量掀起，整個人撞上一堵有著毛髮的牆壁，迎面直擊自己引以為榮的俊臉是某種粗糙的毛髮，白優聿頓時被那股力量撞得暈頭轉向，此時脖子左側突然傳來劇痛和滾燙的感覺，那個部位是他的封印所在……通常這是他遇上惡靈之後會出現的情況。

緊接著，那股力量帶著他不斷往前衝，疾風劃過臉頰，粗糙毛髮不斷拍打，甚至可能在他臉頰留下血痕，驀地，刺眼的光芒襲來，白優聿閉上了眼睛——

耳邊響起噴火怪物欣喜吼叫的聲音。「出口！找到出口了！」

等到白優聿重新睜開眼睛，他發現自己正跌坐在迪森古董店內的地板上，賣古董的老人迪森正以吃驚的眼神看著他們等人。

CH5 故人與矛盾

某人說過，當你一天之內遇上很多不可思議的事情，就算讓你再遇上更多不可思議的事情，你也能夠處之泰然了，所以一天之內，不……正確來說，是一個晚上之內經歷了不少不可思議事件的白優聿現在一臉淡定。

對……淡定，他很淡定……個屁！

白優聿吸氣又吐氣，吐氣再吸氣，牙關咬緊又鬆開，鬆開再度咬緊，直到最後才拼湊出一番完整得讓別人察覺不出他正處於極度忐忑不安狀況的話語。

「所以說，布魯克其實就是那隻金毛獅王……我的意思是，他其實是幻化成人類小孩的獅子?!」

「我也是直到布魯克突然變成獅子的時候才發現到這一點。」回話的是一臉憔悴的凱爾神父。

神父雖然很疲倦，但是看得出來他並沒有被這件不尋常的事情嚇壞，一下子接受了布魯克是一隻獅子的身分。教廷平日是怎麼訓練這些神父的？神父對詭異事件的接受度也太強了吧？白優聿說什麼也不承認是自己的神經比較脆弱。

默不作聲的喬雙手環抱，以不友善的眼神盯著大家話題中的男孩——布魯克。

拉起的窗簾處滲入微弱的曙光，投射在地面成了好幾道的淡金色線條，坐在窗簾那個角落的小男孩背著光，低頭看著地面上投射出來的光芒。

現在是早晨……經歷了一夜的冒險，他、喬還有凱爾神父平安無事逃出地下通道，此刻正待在凱爾神父在聖艾堡教堂的房間裡頭。

脫困之後，白優聿發現到他們竟然身處迪森古董店內，他無法相信那間古董店裡面有著直通地下通道的通路！因為事後他和喬找遍了古董店的每一個角落，竟然沒發現任何通往地下通道的暗格，但……逃出地下通道之後，他和神父等人真的出現在迪森古董店門內！

更讓震驚的是，帶著他們逃生的金毛大獅子就是布魯克！黑髮男子差點兒就要吐白沫倒地。

神父事後補充，那個時候布魯克感覺到四周有異變，像是有重大且不祥的事情快要發生，為了神父的安全，布魯克立刻變回獅子的本體，帶著神父逃出地下通道。獸類的直覺果然蠻強的。布魯克感應到的「重大且不祥的事情」應該就是指噴火怪物發飆要炸掉地下通道這件事。

就在古董店老闆迪森先生大叫著「這裡有強盜」的時候，一隊人衝了進來，出現在他們面前的是找了他們一個晚上的神職人員，當然誤會也隨著神職人員們的出現而解開了。

根據神職人員事後的說法，他們在找人的途中遇上一個神祕少女，神祕少女通知他們神父等人的下落就匆匆離開了。沒人知道這個神祕少女到底是誰，他們只是知道對方穿著一件灰色的斗篷，不想別人看清她的長相。

白優聿不由自主地想起那個叫做莉雅的少女，把他們困在地下通道、讓他們經歷匪夷所思一夜的幕後黑手是莉雅那夥人嗎？他悄然問著自己這個問題。不過話說回來，擱在他眼前還有一件更重大，至少目前來說，是比較重大的問題——那就是帶著他們衝出地下通道並轉化成本體的布魯克，他從來沒想過布魯克竟是一隻巨大金毛獅子幻化而成的小孩。

布魯克在那種體型、那種形態之下散發出來的靈力……無庸置疑了。雖然他沒有真正遇上這種傳說中的靈體，但是布魯克就是他此刻想像中的靈體，難怪布魯克在恢復本體之後，他脖子左側的封印會產生反應，白優聿的視線落在始終沒作聲的喬身上。

「我知道你在想什麼。」這是生平第一次，喬沒有和白優聿唱反調。「我的答案和你的答案一樣，確定了……雖然我怎麼看都覺得不可能。」

「我也覺得不可能，但事實證明，布魯克真的是『那一個』東西。」

「哼，不用你說，我也知道。」

被二人這種隱晦的表達方式搞得緊張起來的凱爾神父叫道：「白先生，喬先生，你們到底在說什麼？」

白優聿猶豫著該不該把那個詞說出來，站在一旁的喬突然來到布魯克面前。

「你是不是應該告訴我們，你到底是從哪裡出來？」喬冷聲問著。

受驚的男孩往後縮了一下，凱爾一臉不贊同地攔阻。「喬先生，請別嚇壞布魯克，他只不過是一個八歲的小孩。」

「他不是一個小孩，去他的八歲！」喬向來不是斯文人，推開擋路的神父，一把揪起布魯克的衣襟，逼得小孩站直起來。

凱爾神父驚呼一聲，布魯克冷冷看著紫髮男子。

「你最好老實告訴我，你怎麼出現在這裡？還有，你的目的是什麼？」喬絲毫不理會身後神父的高聲喝止，扯過小男孩凶神惡煞地問著。

「喬先生！你再這樣下去，我要趕人了！聖艾堡教堂是不會歡迎對孩子施行暴力的人！」凱爾神父用力扳過喬的手臂，大聲喊著。

小布魯克的可憐表情看得他心都酸了，致使他完全忘記之前布魯克是如何輕易殺死人口販子的手下，如何變身成為巨大的金毛獅子。

「不歡迎我？」喬倏地冷笑，凱爾神父被他一推，跌坐在椅子上。他冷聲說著。「難道中央教廷的宗旨改變了？只歡迎汙穢的使魔？」

白優聿唉呼一聲，心中在想：噴火怪物，你真的直接說出來了！

神父瞠大雙眼，看著布魯克，再看向冷笑的喬和一臉無奈的白優聿，顫聲開口：「……使魔？」

喬冷哼一聲，指著同樣驚訝的布魯克。「不就是這隻嗎？」

「不可能！」神父激動的跳過來，擋在布魯克面前。「他只是一個孩子！就算他……他不是人類，但他還是一個孩子！」

「一個孩子可以輕易殺死那些成年人？」喬冷笑。

凱爾神父語塞，難以置信地看著布魯克。

「我沒有殺死他們。」布魯克突然開口了，小男孩搖著頭，以哀求的眼神看著神父。「布魯克雖然是使魔，但是布魯克真的沒有殺死他們，他們不是真實的。」

自從奧拉收留他之後，他就變得很乖了，不再是以前充滿戾氣的獅子，小男孩間接承認了自己的身分，神父鬆開了手，萬分驚訝地看著小男孩，教堂是神聖之地，使魔是墮落成為惡靈的動物亡魂，神父不單只把使魔當作普通小孩，甚至還讓使魔在教堂裡面住下。

「真的！布魯克真的沒殺死那些人！那些人在很久以前就死了！我們看到的只是幻覺！」小男孩激動的為自己辯護。

「笑話，你的意思是你是一個無辜的使魔？」喬冷笑。

「布魯克本來就是無辜的！」

「哼，我從來沒聽過邪惡墮落的使魔是無辜的！」

凱爾陷入了思忖，好一下才有所決定，重新擋在布魯克面前。

「就算他是使魔，你也不能夠對他動粗！」神父揚聲說著，一臉正義凜然，在他眼裡，布魯克是不是使魔已經不重要，重要的是布魯克是他相信的人。

白優聿的下巴幾乎掉在地上。「哇啊……神父你的接受能力也太強了吧！」

「我、我雖然不知該怎麼解釋，不過我相信我的直覺，布魯克並不壞！」神父漲紅著臉大聲說著，得知布魯克是一隻獅子幻化而成的人並沒讓他害怕，反而讓他生起一股難以言喻的熟悉感。這股來自心底深處的熟悉感致使神父在得知布魯克是一隻使魔之後也僅是詫異而已，並沒讓他改變相信小男孩的初衷。

「礙事的神父讓開！」喬再次推開神父，冷冷瞪著眼前的小男孩。「幻覺？你真是能說啊，小小使魔。」

「布魯克沒有說謊！布魯克追上了唱歌的女人！那個女人是慕法爾的靈魂！布魯克在十三年前見過她！她就是帶走奧拉孩子的女人！她後來死了，但是她的亡魂一定是不甘心，所以昨晚——」

「夠了，使魔。」喬冷哼一聲。他真是沒必要聽使魔的胡言亂語，使魔本身就是墮落的惡靈，他現在應該做的是趁著使魔還沒有危害人間之前，儘早把使魔引渡向輪迴之門，就這樣想著，喬一手按住布魯克，一手拉開自己的衣襟，一個火焰圖騰出現在他的右肩部位。這是他身為引渡人的封印。

「赤邪之火，以斥退一切邪惡之名，重臨吧。」喬解開封印的方法是有言則靈。

「你不可以傷害布魯克！」神父大叫阻止，再度被推得跌坐在地。

布魯克感受到了性命受到威脅，驀地低吼一聲，打算重新變回使魔的本體。

「停下！都給我停下來！」一聲大吼，某個黑髮男子一把攬過喬，始料未及的喬被這股拉力拉得往後一仰，憤怒不已的他咬牙切齒瞪向多事的白某人。

「等一下！至少等到謎團解開之後再決定！」白優聿彈跳起來，他雖然解釋不了自己不安的原因，但他覺得自己此刻必須阻止衝動的喬。布魯克的言語中有著太多的謎團！至少在解開謎團之前，布魯克不能被引渡！

「媽的！我為什麼要聽你的？你再阻攔，我就先烤熟你！」

「喬！你聽我說！布魯克應該知道昨晚發生什麼事情——」

咚咚咚！

外面傳來急切的敲門聲，暫時阻攔了爭執不休的兩個男人，白優聿推開衝動的喬，一把拉開門，迎上門前的神職人員。對方有些喘，神情有些慌急。「昨晚那個少女……她來了！

她……她指名要見喬先生！」

喬瞇起眼睛，瞪了一眼白優聿，這才跟隨神職人員出去。

心中隱覺不妥的白優聿也決定跟上。他吩咐怔愣的布魯克。「小男孩，暫時留在神父身邊，別亂走。」

這才明白他是在維護自己的布魯克點了點頭，看著他追了出去，凱爾神父鬆了一口氣，臉色蒼白地坐在一旁，視線落在布魯克的身上……

他的頭又開始疼了，奧拉……奧拉……布魯克提及的這個名字很熟悉。他好像聽過，但是……他在哪裡聽過呢？

神職人員帶領著喬和白優聿來到一間平日孤兒們用來上課的教室，少女正在裡面等候，神職人員敲了敲門，示意他們可以進去之後，還特地揮了一把冷汗才離開。

白優聿開始明白神職人員剛才為何會露出這種「終於脫離苦惱了」的表情，因為他聽到少女傳出連番的低咒聲，大概是在罵為啥自己等了將近十五分鐘，那些該死的神職人員還沒有把人給找來，聽到這裡，白優聿就否決了自己之前的想法，眼前的少女並不是他想像中的豬籠草少女莉雅，而是另外一個聲音聽起來相當熟悉的人，他猛地止住腳步，想到記憶中的某個少女。

一旁的喬聽到那熟悉的嗓音，登時一臉喜色，大步走了進去。

背對他們、蹺起雙腿架在長凳上的少女發出一聲冷哼，一個輕巧翻身，漂亮地躍上長凳再落地，褐色微鬈的長髮也隨著少女的動作揚起，她甩了甩頭，熟練地拿過絲帶紮好微鬈長髮，這才抬頭看著姍姍來遲的喬，那雙美麗的湛藍瞳眸竄滿憤怒的火焰。

「喬，你到底搞什麼啊？三個小時前突然用符咒通訊器和我聯絡，然後就失去聲息，害我在古董街附近找了許久就是找不到你的蹤影，後來我遇上一班自稱是教堂的人出來找人，從他們話中得知他們正在找尋一個神父和外地人，我猜那個外地人應該就是你。剛巧封印那邊又該死的傳來反應，我只好通知他們你就在古董街附近，拋下你去封印那邊收集資料！」少女一開口就是喋喋不休說個不停，喬完全打岔不了，只能憨憨傻笑，少女並不知道自己口中的「外地人」其實是白優聿，而不是他。

「我早就說了我們不要分頭行事！你偏不聽！要是你下次再迷路鬧失蹤，我直接回總部覆命，不管你了！」少女嘟嘴抱怨，絲毫沒有注意到站在喬身後開始石化的白優聿。

喬對於少女戳中自己死穴這一點，絲毫不感到著惱，只是陪笑著，等到少女抱怨完畢，她這才覺得喬的背後似乎還跟來了另一個人。

「……咦，跟在你背後的是誰？」少女好奇了。

少女越過擋住了視線的喬。本來想提醒她的紫髮男子來不及說話，唯有瞪著身後早已驚詫得闔不上嘴巴的白優聿，少女在下一秒發出見鬼似的尖叫聲，連教室的玻璃窗也被震得輕輕抖動，紫髮男子難受地捂住耳朵。

白優聿倒是被她的尖叫聲驚得回神，露出一抹苦笑，這尖叫聲讓他確認了少女的身分。

雖然離家多年，當初的小妹妹已經長成亭亭玉立的少女，但是小妹妹一遇上急事就喋喋不休埋怨不止的個性，加上吃驚時候必定發出見鬼般尖叫聲的特性，他還是記得一清二楚，白優聿這才想起噴火怪物提過總部派了獨羅組組員一起探查封印，少女應該就是那位獨羅組組員吧……沒想到，當年的小妹妹如今也成了引渡人總部的一員，三年的時間足以讓人改變並成長。

那張和臻有八分相似的臉蛋，終日追著他身後跑喊他「聿哥哥」的小莎長大了。

沒錯……眼前的少女是他前任搭檔臻．米露費斯的妹妹，也是和他一起長大，被他視為妹妹的陽光少女——莎．米露費斯。

「好久不見，小莎。」白優聿對著吃驚的少女露出一抹自以為很妥當的親切笑容。

少女臉上的驚訝因為他的開口而逸去，然後她大步上前來，揚起手——一記重拳揮中白某人引以為榮的鼻子。

「所以說，封印傳來反應的時間和我們身在地下通道內產生異動的時間相當吻合。」

「對，我給你的符咒通訊器除了是通訊器之外，還有記錄靈力異動波的功用。我對比了你和我持有的符咒通訊器，發現到你被某種奇怪靈力吸引並進入地下通道的時間和封印傳來第一次反應的時間相差不到五秒。你在通道內遇上詭異的記憶碎片景象，封印也在大概五秒內傳來第二次反應。當你成功逃出地下通道，重新回到迪森古董店門前，封印傳來第三次反應。」

「封印傳來反應……是指封印開始綻放紅色光芒？」

「沒錯，綻放紅色光芒的封印意即鞏固著封印的靈力開始流失。封印傳來反應和你們遇上詭異現象的時間點相當吻合。我有理由相信被封印的『那個東西』被某些靈體借用了，基於某些原因，你們被捲入其中。」身為獨羅組組員，也就是引渡人總部的情報組人員，少女最擅長的本領就是蒐集情報、分析所得的資料再作出適當的推斷，分析完畢之後，少女小莎一攤手，坐回長凳上，架起長腿。

喬輕輕點頭，陷入沉默，躺在長凳上、鼻孔塞住紙巾止血的白某人則挑了挑眉，他們都知道少女話中所指的「那個東西」就是七級惡靈留下的執念與怨氣，至於她口中的「某些靈體」和「某些原因」將是解開謎團的關鍵。

「什麼是『那個東西』？」唯一發出疑問的是年輕的神父。

現在是中午十二時，地點是教堂的某間課室，同時在場的還有在少女的堅持之下被「請」過來的凱爾神父和小使魔布魯克。

當凱爾神父看到白某人被打掛在地的一幕之後，神父吃驚得完全說不出話來。所以，他現在很有意見地盯著發表言論的少女。在他心目中，暴力少女小莎和剛剛對小使魔動粗的紫髮男子喬都是有問題的人，據說，這兩個人同樣來自引渡人總部。

「雖然我知道你們在討論著和引渡人有關的事情，不過我想，你們既然要求我和布魯克來到這裡，你們剛才所討論的……或多或少應該和我扯上關係？」凱爾深吸一口氣，看著不太願意說明的喬還有漠視他的少女小莎。

「你搞錯了，神父。」少女盤膝坐好，指著神父身側乖乖坐著的小男孩。「我和喬把你們邀請過來的原因是因為……他。」

喬剛才告訴她，能夠讓布魯克乖乖就範的人只有一個——就是凱爾神父，所以她才把神父順道拉了過來這裡。

「布魯克和這件事無關！」急著維護小男孩的神父攬過小男孩的肩膀。

「當、然、有、關！」小莎跳了起來，雙手環抱瞪著一臉無辜的小男孩。

「他是喬通訊器上記錄的靈力異動波的唯一配對！換句話說，他極有可能是幕後操縱者。」

在小莎說出驚人的發現之後，不單是讓喬蹙緊眉頭瞪過去，還讓原本躺在長凳上止鼻血的白某人跟著彈跳起來。

小莎撥了撥長髮，聳肩道：「我不是說了嗎？我給喬的符咒通訊器除了通訊之外，還擁有記錄靈力異動波的功用。」

她也是分析了喬的符咒通訊器之後發現，那道靈力異動波一直停留在喬身邊的五尺範圍內，直到喬進入這間課室與她會面，異動波才消失。在這之前，出現在喬身邊五尺範圍之內的只有白優聿、神父還有布魯克。

喬向她解說了昨晚的經歷，她頓時覺得可疑者是布魯克，靈力異動波是教廷的聖十字騎士團、引渡人以及惡靈身上散發的靈力、白某人弱得不能再弱的靈力都和符咒通訊器上面記錄的不同，凱爾喬身上散發的靈力，白某人弱得不能再弱的靈力指數。

神父僅是一個普通人，所以並沒有擁有引渡人或是聖十字騎士團應該具備的靈力，這麼一來，布魯克就是最大的嫌疑。

「不是！布魯克不是幕後操縱者！」布魯克察覺到大家的矛頭再次指向自己，頓時激動起來。「布魯克也是被捲入其中的無辜者之一！不是幕後操縱者！」

「那麼你怎麼解釋靈力異動波相同這件事？」小莎直接下定論，說出相同二字。

雖然小男孩看起來長得可愛又無辜，不過使魔終究是使魔，和惡靈一樣，哪怕對方頂著這副無辜樣子，內心同樣狡詐陰險。

布魯克激動得一臉漲紅，他張嘴想要解釋，但他似乎心中有所顧忌，下一秒咬牙，搖了搖頭，他不能隨便向這些人說起奧拉的事情，這樣一來，奧拉要他保護的魯貝爾就會有危險，雖然他現在還沒找到魯貝爾少爺，但他擔心只要他把當年的事情說出口，這些人或許有能力比他更早一步找到魯貝爾，然後魯貝爾少爺就……

「你解釋不來吧？這就表示我蒐集而來的情報是正確的。你是導致昨晚事件的幕後操縱者。」小莎說著，睨了一眼身側的喬。「喬，這件事就交給你。」

引渡人總部的獨羅分設僅是負責蒐集情報，負責執行和裁決的責任通常落在執牌引渡人的手上，所以，小莎宣布退出，由身為執牌引渡人的喬接手。

「由於這件事和封印扯上關係，我按照引渡人總部制定的第十二條規中的第八則，以赤級引渡人的身分宣布將你，使魔布魯克押回引渡人總部，由總部的司法會審針對你的罪行作出裁決。」

喬來到布魯克面前揚聲宣判，由於此事涉及總部派他來調查的封印一案，他不能直接引渡布魯克，必須讓總部的司法部門對布魯克的罪行進行裁決。

「這不公平！布魯克是聖艾堡教堂的人！你們引渡人總部沒權力帶走他！」凱爾神父再次擋在布魯克面前，大聲駁斥。這些來自引渡人總部的引渡人太可怕了！布魯克明明就是無辜的！

「白先生！請你說一句公道話！」神父向白優聿投來求助的眼神。

「我——」

白優聿只說了一個字，就被紫髮男子冷聲打斷。「白優聿僅是梵杉學園的一個見習引渡人，他無權過問我的決定。」除非是同為赤級的引渡人或是墨級的引渡人在場，不然按照職權來看，在場沒人能夠質疑或是推翻喬的決定。

白優聿在心中爆粗口，他最討厭總部設下的職權和稱謂這些東西！

一旁的神父煞白著臉，倏地咬了咬牙，豁出去了。

「你們要帶走布魯克的話，先跨過我的屍體再說！」神父無懼地看著他們。

白痴嗎你？白優聿翻個白眼。喬是什麼人，是噴火怪物勒，他怎麼可能會被你這種程度的狠話嚇著呢？

「呵呵。」果然，喬鬆著腕骨，一翻掌，一團火球出現在他掌心。

布魯克見狀，連忙擋在凱爾神父的面前，嘴裡發出獅子的低吼聲。

「天啊，又來了……」白優聿緊張地看著蓄勢待發的兩方，陷入該不該上前阻止的天人交戰中。

少女小莎只是挑眉。「喬，別真的把神父打死，打暈就好。」

小莎妳這是在勸架嗎？白某人無力扶額。

千鈞一髮間，課室的門被人用力打開。

「神父！凱爾神父！」來者正是剛才為喬和白優聿引路的神職人員。

許是覺得各人的臉色不太對勁，神職人員愣了一下，等到喬收回火球輕描淡寫說著「姓白的想抽菸我幫他點個火」之類的白目藉口之後，對方才開口：「凱爾神父，北區的古董街在半個小時前突然出現疑似惡靈的蹤跡，市長已經下令暫時封鎖古董街周圍一百米的範圍，尚神父要你到場支援！」

北區的古董街出現惡靈！在正午這種烈日高照的時候?!

「古董街的居民呢？」喬第一個上前來，一臉凝肅。

「已經全部疏散了。」神職人員知道他是引渡人總部過來的，所以也沒有隱瞞。

「在地的引渡人支援隊伍呢？」

「他們比教堂的人更早趕去現場了，不過目前情況不詳。」對方說著，引渡人總部雖然有在莫羅多城設下支援隊伍，不過在白天現身的惡靈通常不弱。

「我現在就過去！」凱爾朝通報的人說了一句，突然想起身邊的布魯克。「布魯克，你留在這裡——」

「布魯克和凱爾神父一起去！布魯克要保護凱爾！」布魯克很堅持。

凱爾看了喬和小莎一眼，心想把布魯克留在這裡說不定更加危險，於是他點頭同意了。

「我也跟著去！」喬說著。現在是緊急時候，他決定暫時放下布魯克是使魔這件事，再說他和凱爾神父一起趕去現場的同時也可以監視布魯克。

「跟我來。」凱爾牽過布魯克就走。

喬緊隨在一大一小的身後，小莎抄起自己的外套也跟了上去。落在最後方的白優聿一怔。

「小莎！妳也去？」她只是一個情報人員而已！

被喚著名字的少女猶豫了一下，這才停下腳步。

「……去蒐集資料順便幫忙。」她其實不是很願意和這個離家三年的男人講話。

從剛才到現在，她一直逼使自己漠視這個人。

「那是引渡惡靈的工作！是前線的工作！妳要蒐集資料的話可以等到引渡惡靈之後再去現場！」白優聿有些生氣。她搞不懂自己的工作範圍嗎？

「你怕的話就留在這裡。我不怕。」

「小莎妳——」連小莎也這麼對自己說話嗎？

「沒有你在，喬和我一樣可以引渡惡靈。就好像這三年來，米露費斯家沒有你的存在，媽媽和我同樣過得很好。」少女平靜地說完，頭也不回地離開。

白優聿語塞了，喉頭滾動了幾下，少女的話讓他好不容易抑下的情緒再度翻騰起來。這三年來，他因為愧疚，因為膽怯，始終不敢面對臻的媽媽和妹妹。那兩個同樣善良的女人，一個是當年收養了他的好心阿姨，一個是從小把他當成是偶像崇拜的純真妹妹，但是他親手殺了她們最珍惜的親人……這是永遠彌補不了的遺憾。

所以那一天開始他就發誓，無論如何他都要好好保護她們。

現在看著小莎奔向危險的前方，他就算再害怕，也不能退縮。因為他承諾過自己，哪怕付出性命，他都要讓這兩個在世的女人安好，唯有這樣臻才可以放心地走……想到這裡，黑髮男子握緊了拳頭。一轉身，他急步追上。

CH6 城堡的謎團

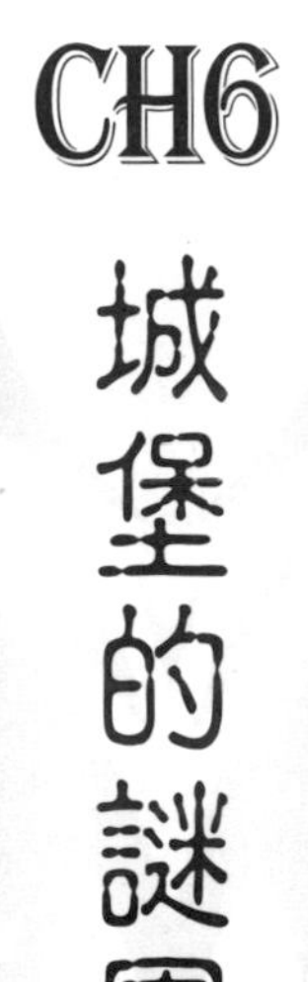

同樣的烈日當空，沉穩的腳步和輕快的腳步一前一後地停下。

「就是這裡嗎？」望月站在一棟廢置多時的城堡外面，打量著這個地方。

「是這裡沒錯了。」擁有一頭銀色長髮的路克頷首，那頭銀髮隨著他的晃動泛起淡淡的銀光。「對了，這裡有法陣，總帥大人在我出發之前還特別交代了我三句話，要我小心解除法陣。」

「……交代三句話？」

「是的，是關於解除法陣的方法喔。」

那個……如此敷衍的指導方式會不會出事啊？望月瞇了瞇眼，路克揚起戴著黑色皮套的右手，在門板的四個方向比劃輕點，開始解除法陣了。他趁著對方解除法陣的這個時候，好好地環顧四周。

外面的太陽熾烈耀眼，但是在這裡，城堡圍牆四周種植的參天古木遮去了外頭的猛烈光線，加上長久沒人居住，四處長滿了青苔，濕氣變得很重。

這裡是連瑞城以北處二百二十九點五公里的廢置城堡，連瑞城位於大陸的東部，三分之一是臨海地區，因為臨海的關係，這裡建了不少碼頭和商運企業，所以這裡是商貿經濟發展的重要據點，也是大陸上僅次於首都梅斐多城的第二大城市。

與連瑞城比鄰的是莫羅多城，相較起莫羅多城的樸素，這裡是一個多姿多彩的大城市。之前有一段時間，他曾經隨著修蕾大人來過這個城市好幾次，都是為了幫忙理事長採購學園圖書館的書籍，這一次他是在理事長修蕾的吩咐之下隨著路克來到這個地方。

但是，他們要去的地方不是平日他去慣的市區，而是來到偏遠兼僻靜的郊區。這座位於連瑞城以北處二百二十九點五公里的廢置城堡，聽說在很久以前是屬於引渡人總部在這個城市的據點，後來不知發生了什麼事情，這座城堡被廢置了，而且總部還下了命令，除非是拿到總帥的批准，不然任何人都不得進入這座城堡，為此還在這裡設置了防止外人入侵的守護法陣，是以……路克現在正按照總帥大人教導的方法小心翼翼卸除這裡的法陣。

話說回來，身為執牌引渡人的路克擁有什麼能力呢？望月倒是不清楚。引渡人總部的搭檔關係有著相輔相成的作用，通常有一方擅於攻擊，另一方則擅於防守；能守能攻的一組搭檔才可以應付隨時會面對生命危險的工作。

上一次的戰鬥，他只看到路克的搭檔喬負責攻擊，能力為馭火，所以他就把路克歸類為防禦的一方。事實上，路克也沒有秀出自己的能力，只是在最後施用淨化術幫快要淪為惡靈的克羅恩拖延時間，現在看來，路克似乎也很擅長卸除法陣之類的術法，雖然說總帥大人教導過對方解除法陣，不過就他對法陣的認識來說，要解除這種極具靈性的法陣不是光憑「總帥大人只交代了三句話」就可以辦到的。

「可以了，望月。」路克喚過正在思忖的他，率先踏了進去，隨後少年立刻緊隨進去。

城堡裡面一如望月所預料的……離不開「髒」和「糟」這兩個字。

涼颼颼的風拂過，望月一抬頭，這才發現城堡的屋頂已經倒塌了一半，上方參天的古木遮去外頭的當空烈日，破損的牆壁上有著深淺不一的痕跡，仔細一看，望月發現到這些深陷的痕跡都是武器之類留下的痕跡，其實除了牆壁之外，地面上也有不少淡淡的、像是被燃燒過的痕跡。好奇地俯身，輕輕一摸地面的痕跡……微麻的感覺襲上指尖，望月挑了挑眉，這感覺證實了他心中的疑竇。

一抬頭，路克已經自顧自的在登上通往二樓的梯級，望月只好連忙舉步跟上，二樓廊道兩側都是鎖上的房間，像這種奢華的城堡一般上擁有十至二十間的房間，奇怪的一點在於每一間的房門前都被施下光壁，光壁是十字聖痕咒言中可以抵擋攻擊的結界，要打開這些門就必須先毀去光壁，顯然的，這是防止外人的闖入。

就算這裡曾是引渡人的據點，也沒必要在每一個間房門前都施下這種結界吧？

望月也曾經到過引渡人總部，就沒見過總部的大門還是側門什麼的出現過光壁。

「這裡發生過什麼事？」望月尾隨著路克的腳步，終於道出心中疑問。

「十多年前，這裡禁錮了一個很可怕的人。」

「當年這裡不是引渡人在連瑞城的據點嗎？」他吃驚。

「那僅是對外的說法。」意外的，路克沒有對望月隱瞞，直接道出所知的事實。「具體情況是什麼，我就不太清楚。我只是知道被禁錮在這裡的那個人是一個會威脅整個大陸的存在，所以這裡的每一個法陣都是用來禁錮對方的行動，包括你剛才在樓下大廳地面看到的那些已經被消除的法陣。」

望月點點頭，被消除的法陣會在原地留下彷彿被燃燒過的痕跡，雖然被消除了，但是只要感應到有靈力的存在，法陣的所在地還是會作出微弱的排斥，這就是為何望月剛才觸碰地面的時候會感覺到指尖微微發麻。

「後來那個人呢？」金髮少年現在比較想知道那個威脅整個大陸的人現在怎麼了。

「死了。」

「……死了？」

如果那個人死了的話，總帥為什麼還要費那麼多心血在這裡設下法陣？望月暗忖……路克沒再繼續說明，可能是因為銀髮男子自己也不太清楚的緣故吧！反正他們只要遵照總帥大人的命令辦事就對。

「好，我們到了。」路克帶著他來到廊道的盡頭。

出現在金髮少年面前的是一扇白色大門，這一扇白色大門上沒有施下光壁，門板上雕了一對栩栩如生的鯉魚，鯉魚的尾巴是暗紅色的，望月似乎看到鯉魚的眼睛極快的眨了一下。

「我待會兒進去，裡面有一些必須回收的東西。」路克轉身看著他，以敷衍的說法交代著：「麻煩你在這裡為我守著，不要讓任何人進去。」

什麼是必須回收的東西？還要我守門？望月把心底的不悅全寫在臉上。

「抱歉，這是總帥大人的吩咐。遲早他會讓你知道的。」路克用像是安慰小孩的語氣說著，然後一笑。「另外，麻煩你計時一下，十分鐘後我還沒出現的話，就大喊我的名字好了。」

既然前輩都抬出總帥的名號了，望月只好點頭，路克再次綻放慈愛萬丈的笑容，差點沒摸著金髮少年的頭說一句：乖孩子。當然……如果他這麼做的話，金髮少年肯定會暴走。

「等一下，忘記吩咐你最後一件事。」就要開門進去的路克停下腳步，神色凝重地吩咐臉上堆起青筋的望月。「待會兒無論遇上什麼情況，你千萬別闖入任何一間房。」

聽到這裡的金髮少年瞇起了眼睛。

路克要他在門外守候十分鐘。十分鐘也就是六百秒，其實很快過，也很容易過。大前提是，如果一切順利，什麼意外也沒發生的話，十分鐘的確眨眼間就過去了，但是——

「冥銀之蝶，請給光明者指引的方向！」銀翼蝴蝶飛舞，擋下了背面激射而來的凌厲暗箭，他一揚手，對著迎面撲來的黑暗影子一喝。「十字聖痕，以月華之光照耀、洗滌一切罪孽！」

接踵而來的黑暗影子瞬間被強大的月華之光籠罩，在刺眼光芒之下化成灰燼，身後的暗箭攻擊也被擋下，同樣在這句強大咒言之下，襲擊者被消滅了，望月深吸一口氣，戒備地看著四周，這裡看起來像是城堡主人的臥室。但是，偌大的臥室裡面只有一張很殘舊的辦公桌還有一張斷了一支腳的椅子，除此之外，天花板上刻著一個大得很誇張的鯉魚圖騰，如果他沒有記錯的話，這和之前白色大門上面刻著的鯉魚圖騰一樣。

話說回頭，為什麼他現在是身處這間偌大的臥室裡頭呢？

其實這不是他的錯，他沒有該死的好奇心過盛，沒有刻意毀去光壁並打開路克吩咐不可打開的房門，他只是很遵守約定地站在木門前面，看著路克進去，等候路克出來，奇怪的事情卻在路克身影消失後的三十秒發生了。

望月所在的空間突然扭曲，四周的景物開始旋轉，他在一片天旋地轉之下跌撞向一旁，危急之中他緊握過疑似門把的東西，然後門把斷開了，門也被他撞開，結果他整個人跌入門後面的空間，睜開眼睛之後，望月發現自己身處一間偌大但空蕩的臥室。他其實也不太清楚自己是怎麼穿過光壁進來的。

接下來，臥室的角落開始湧現一些黑暗影子，在他不太清楚那些是什麼東西之前，這些東西已經鋪天蓋地向他攻擊過來。他費了一番功夫才把這些東西消滅，雖然這些僅是帶著微弱靈力的東西，但數量多起來的時候，處理起來還是相當耗時耗力。確定了這些東西暫時沒再出現，望月小心翼翼地挪後，右手要推開在他身後的那扇門。

門，在他的使力推動之下，竟然紋風不動，他一咬牙就用力踹去。

門，依舊紋風不動，金髮少年低咒一聲，右腳隱隱生痛，倒像是自己剛剛踹上鐵板而不是門板。

「十字聖痕，紛揚爆破！」惱極之下，暴走的金髮少年乾脆把門炸開。

轟隆一聲，嗆鼻的粉塵味道充斥鼻間，望月往後跌開幾步，瞇眼看著已經被炸開的門，一道泛著淡淡金光的光壁阻擋在門前，光壁的中心浮現的依然是鯉魚圖騰，兩隻躍起的鯉魚眨著眼睛，盯著他這個入侵者。

少年總算明白自己被什麼東西襲擊，也同時被什麼東西阻攔了去路，阻攔他的是眼前的鯉魚圖騰，他不清楚自己是怎麼能夠進來的，但此刻明顯的，隱於這個地方的力量沒打算讓他這個入侵者離開……或許他該說，這股力量沒打算讓入侵者活著離開，剛才那些黑暗的影子應該是法陣展開的第一波攻擊吧？

就這麼想著，角落開始浮現第二波的黑暗影子，緩緩向他逼近。對付這些黑暗影子的難處在於它們的數量太多，一波接著一波的展開攻擊，他的靈力很快會耗盡，到時候就完了。

望月深吸一口氣，現在如果不保持冷靜的話，他很可能會丟命。「冥銀之蝶！」一揚手，少年吆喝，黑暗影子極快被冥銀之蝶消滅，但沒幾秒鐘，角落再次湧現第三波的影子攻擊，少年唯一能做的就是再次摧動冥銀之蝶，再次消滅這些影子。

接下來的第四波、第五波、第六波……直到第十一波，望月再也忍不住累得背靠牆壁，張口喘氣，汗水涔涔落下，望月舉臂拭去，手臂因為乏力而微微顫抖。

「該死！到底要怎樣才可以出去——」咒罵不完，少年的腰身陡地被一股力量拉過，瞠目之下，少年看著一隻淡得透明的手臂從牆壁處伸出來，攬過他的腰。「十字聖痕，光——唔！」

另一隻手臂自牆壁處伸出來，捂住他的嘴巴，望月使盡全力掙扎，摧動冥銀之蝶發動攻擊，但是他突然全身一僵，四肢開始麻痺起來，整個人往前急跪，數不清的手臂自牆壁處延伸出來，抱住了他的身軀。角落的黑暗影子緩緩逼近，同樣往他的身軀靠過來。

少年睜大眼，第一次露出驚惶的表情，冰冷得讓人血液凝結的感覺襲來，麻痺的四肢動彈不了，少年只能眼睜睜看著影子將自己包圍、吞沒。這次完了……這是望月閉上眼睛之後的想法。

短暫的窒息感湧上，胸口像是被大石壓住，陡然間一股清冷的氣息沁入心田，纏繞上來的黑暗影子紛紛退開，本是逐漸失去意識的望月驀地睜眼，整個人愣掉了，他看到了一個美得讓人屏息的女人。

那個女人倚在窗戶處，微笑回眸，精緻脫俗的臉蛋上漾著淡淡的笑意，她的視線投向靠在角落處的一個銀髮男子，男子有著一頭短薄的銀髮，雖然對方背對著望月，但對方身上散發的清冷聖潔氣息讓望月有一種感覺。

這個男人擁有很強的靈力……解救他的人是這個男人嗎？

『你在擔心？』女人問著。

『妳知道我向來不贊同妳的做法，伊格。』男人冷聲回答。

『贊同與否還重要嗎？反正我怎麼做都好，總部還是會將我繼續禁錮在這裡。』

『我、廉還有修蕾都在幫妳上訴，他們終究會放了妳的。』

『我知道你們和他們不同，但是……』女人輕嘆，眼神變得哀戚。『蘭可，我昨晚又作夢了，我夢見自己死了，流了很多很多的血，還有——』

『別說了！那只是夢境！』男人有些生氣。

『不！你和我都知道，那不僅僅是夢境，那是預言……我就是因為擁有這個能力才被禁錮的不是嗎？伊格、伊格，古語中女神的意思，擁有預見未來的能力，卻成為被總部忌憚的人……』

『伊格。』男人的聲音放柔了，走了上去握住女人的手。『別再想這一些，一切都會好轉的，相信我。』

『真的嗎？』

『一定會。無論發生什麼事情都好，我不會讓妳出事，也絕對不會放開妳的手。』

『可是我終究有一天會離開，會死掉……』

『我會親自把妳從輪迴之門的那一邊拉回來。』

『呵……』女人笑了，卻化不開眉宇間的愁色。『你是執牌引渡人，還是梵德魯總帥的得意門生，說出這種話來會嚇著人的。』

『我只是想明確地告訴妳，我的心意。』男人無比認真地回答。

『……我知道，一直都知道。』女人頷首，輕撫著男人的臉龐。『幸好這一年來有你陪著我走過，不然我不知道自己可以撐到什麼時候。』

『以後，我都會陪著妳走下去。』

『可是這段路只會越來越難走，或許我們無法一起走到盡頭……』

『只要有心，一定可以。』

眼前的景物開始淡化，逐漸隱沒入黑色的霧氣之中，清冷聖潔的氣息倏然消失，之前退開的黑暗影子再度上前——影子掠奪了他的呼吸，胸骨似乎被一股力量拉扯得幾乎斷裂，望月張大嘴巴，逸出的僅是垂死前的嘎嘎低啞叫聲。

他的身軀無法動彈，他的胸口像是燃燒般劇痛著，他使盡所有的力氣，也無法吸入一口新鮮的空氣……如果他死在這裡的話，路克會不會發現他呢？

路克，不是我不想按照你的話去辦，我只是莫名其妙被捲入這裡而已，對了，路克還向他說過什麼呢？好像還有一件很重要的事情。好像是……等他十分鐘，他沒出現的話，就要大喊他的名字對吧……他頓時燃起希望。

「……路……路克……」望月擠出最後一絲的力氣，微弱地喚著這個名字。

沒有……還是沒有人出現，莫名其妙死在這裡……他真的很不甘心，少年的手垂下了，眼睛也緩緩閉起，任由自己墜入以影子形成的黑暗漩渦內。就在這個時候，清冷的氣息傳來，一個人握住他的腕，將他整個人從黑暗漩渦內撈起。

來者擁有一頭銀色的長髮，套上黑色皮套的右手緊緊拉住他，朝終於脫險的他露出鬆一口氣的表情。

「看到了什麼嗎？」路克遞上一杯剛泡好的熱可可，望月瞄了他一眼之後才接過。

冒著熱氣的可可下肚之後，本來還有些暈眩的望月感覺比較好了，至少因為疲憊過度而無法思考的腦袋開始運轉，他再次看著眼前的銀髮男子。對方沒有露出生氣還是猜疑的表情，剛才那一道問題彷彿不是疑問，而是對方肯定他看到某些東西。

望月雙手捧著熱騰騰的可可，思緒卻飄到老遠了，他想起自己在偌大臥室所見的一切。

一個叫做伊格的女人還有一個叫做蘭可的男人，從他們的談話中，他聽到了修蕾大人的名字，也隱隱猜出伊格就是當年被禁錮在城堡中的人。

——那個傳說中足以威脅到整個大陸的危險人物。

「你不想說也不要緊，早點休息，你損耗了不少體力。」路克也沒逼他說出口，轉身為自己準備飲料補充一下體力。

望月的眼神落在窗外，外面的天色已經暗了。他們此刻正待在距離廢置城堡最靠近的一間廉價旅館，至於路克是怎麼把自己帶過來的，望月也不清楚了，他只記得自己被對方撈起之後就失去意識。等到他醒轉，他看到路克表情凝肅地坐在一旁，看到他醒轉後才露出平日的笑容，按照路克的說法，他被帶離城堡之後就陷入沉睡，睡了八個小時。

「……伊格就是當年被禁錮的人？」想了好一下，金髮少年終於決定開口，他需要一個知情者解開自己心底的疑竇，路克就是那個知情者。

攪拌飲料的動作略微停頓，銀髮男子以微訝的眼神看著他，好半晌，最後才搖頭苦笑：「我沒想到你『看』到的是這麼多。」

「你連伊格這個名字也知道了，我猜你應該也看到一個叫做蘭可的男人，或許還看到另外兩個你都很熟悉的人。」路克說著。

這是間接承認嗎？

「我只看到蘭可。」望月搖頭，話說回頭，蘭可和路克一樣，擁有罕見的銀色髮絲。

「另外兩個人，我知道一個是修蕾大人，另外一個叫做廉……是誰？」少年提出疑問的同時端詳路克的長相。

那個時候蘭可背對他，他只感應到對方身上的氣息卻看不到對方的長相，所以他並不確定蘭可的長相是否與路克相同。但是，他現在想起了，路克和蘭可身上的氣息很相似，尤其是在對方將自己從黑暗漩渦內拉起的那一刻。

「廉嘛……現在已經沒人敢這麼叫他這個名字了。」路克沒有正式回答，迎視少年的打量。「你還有其他的疑問嗎？」

路克笑得很親切，連眼睛也微微彎起。

他和路克接觸的時間不長，他對這個前輩的印象一直停留在「路克前輩是一個溫和善良的人」這一點……直到現在，少年開始覺得這個男人的親切笑容是一種掩飾真我的假面具。

「……你怎麼發現我的？」大概覺得路克不會告訴他所有的真相，望月問另外一個問題。

「我回收完畢之後出來就沒看見你，到處找了一遍，然後聽到你叫我的名字。」路克聳肩。「城堡裡的每間房都設下排斥外人的法陣，你可以輕鬆穿過光壁進去，但要出來的話就不容易了。」

鯉魚圖騰果然是一個法陣，望月心想：「我不是故意進去，而是被某股力量推進去。」雖然這聽起來比較像是頑皮小孩闖禍之後的狡辯。

「被推進去？」路克咦了一聲，像是發現到一個重點。

「你不信就算了。」

「不……這麼說來的話，你還是第一個沒有遭到城堡排斥的外人。」路克說出莫名其妙的一句話。

外人？什麼意思？望月摸不著頭緒。他沒被排斥嗎？剛才他幾乎就要死在法陣裡頭了，而且他是外人，難道路克自己不是外人？

「法陣一開始沒將你吞噬，甚至還讓你看到應該被封印起來的過去，這或許代表『她』的執念是想讓外人看到當年的真相……」路克沒理會他的疑惑表情，自顧自的說了。

「路克，你說什麼？」

「沒什麼。」

路克不再多說，只是說了一句「今天的回收工作很順利，明早啟程送你回梵杉學園」然後就掉頭走了。

坐在床上的望月看著對方為自己關上門，心中的疑竇更深，伊格是當年被禁錮的人。當中除了蘭可之外，還牽涉了修蕾大人和另外一個叫做廉的人。

多年之後，他所看到的僅是變成廢墟的城堡，當年到底發生了什麼事情呢？他很想知道。

叫囂和喝斥的聲音不斷衝擊著他的耳膜。在那一片混亂的聲音之中，他聽到有人慘呼、有人尖叫，也有人念著冗長的咒言，接著一切聲音靜止了。他看到一個男人，從一片火海中走了出來，男人身上血跡斑斑，染上血色的銀色髮絲看起來很嚇人。

他注意到男人被髮絲掩住的右頰上有一個奇怪的圖騰，那個應該是男人的封印。他只看得出那是半截紅色的魚尾巴，男人以冷寂得幾乎可怕的眼神看著包圍他的人。

站在男人面前的人們顫慄得發抖了，因為男人身上散發的可怕殺意。

後來不知是誰先發出一聲驚呼，他看到其中一人突然拿起利劍往身側夥伴的心口刺去，那人的臉上布滿驚懼，顯然不知道自己怎麼會突然攻擊自己的夥伴，被刺中的夥伴瞳眸放大，倒在血泊中，夾雜著驚呼和痛嚎的聲音此起彼落，每一個人都突然攻擊自己的夥伴。

血色染上大地，男人嘴角抽動了一下，隨即發出癲狂般的大笑聲，但，他清楚看到男人笑的同時，淚水也隨著滑落，他知道這個男人是誰。

……而且他想他應該知道男人為什麼陷入悲痛與瘋狂之中。

因為，在火海的另一端，一個美麗的女人閉上了眼睛，側臥在地上，胸口被一把利刃穿透過，男人髮絲上的、身上的血是屬於女人的。

——那個男人是蘭可，女人是伊格。

——無論發生什麼事情都好，我不會讓妳有事，也絕對不會放開妳的手。

——可是我終究有一天會離開，會死掉……

冰冷的感覺襲來，熟悉的窒息感再度湧上，望月看著眼前的景物逐漸淡化，無數隻淡得透明的手從地面竄起，用力扯過他的雙腿，甚至還纏上他的身軀。

怎麼又來了？他不是逃出了法陣嗎？為什麼……這到底是怎麼回事……

「望月！醒一醒！望月！」

焦急的呼喚從很遠的地方傳來，被透明手臂拉過、逐漸沉沒入黑暗漩渦的少年掙扎了一下，隨著一股暴痛在他胸口漫開，刺激得他立刻從昏沉之中驚醒過來——

「咳咳！咳咳、咳咳咳！」床上的金髮少年彈坐起來，劇烈咳嗽，艱辛地喘著氣。

汗水滑過瞠大的瞳眸，微微刺痛的感覺讓他眨著眼睛。痛楚有時候是喚醒某人的良藥，眼睛的刺痛伴隨胸口傳來的劇痛讓他終於從可怕的夢境中甦醒過來。望月張大口喘氣，瘦削的身軀因為缺氧而不斷顫抖，汗水弄濕了他的衣衫，導致窗戶吹入的夜風也足以凍得他臉色轉青。

喚醒他的銀髮男子連忙關上窗戶，脫下自己的黑色風衣為他披上。

好不容易順回一口氣的望月抬頭看了一眼表情寫滿擔心的路克，在對方伸手過來攙扶的同時，孤傲的他推開了對方的手。

路克沒露出不悅的表情，只是看著脫力的少年撐坐起來，戒備瞪視自己。

「你被伊格的執念影響了，剛剛幾乎沒了氣息。」路克在床沿坐下。

一般來說，擁有光明氣息的引渡人不容易被亡魂或惡靈的執念影響，但伊格並不是普通人，理所當然的身死之後留下的執念也是非比尋常，就算他在第一時間幫少年進行淨化，還是沒完全淨化成功，結果，少年在睡夢當中，也就是靈力最弱、防備最低的時候被執念影響，幸好路克在感覺到不妥的時候就及時趕了過來。

「先放鬆，我幫你檢查一下傷勢，剛才我可能下手重了一些。」路克說著，不顧少年的意願就壓住對方的肩膀，逼使少年靠向後。

當望月發現對方正掀起自己上衣的時候，他幾乎要解開封印讓冥銀之蝶解決銀髮男子，不過，當然……他沒力氣解開封印了。

像個醫者般仔細按著少年的每一根肋骨，發現自己剛才沒在使力過重的情況下壓斷對方肋骨之後，路克鬆了一口氣。

「沒事。」銀髮男子露出笑容的同時，少年的臉色變了。

望月看著自己胸口上出現疑似法陣的圖騰。這是路克做的嗎？剛才他被激痛驚醒……是因為路克在他胸口畫下一個奇怪的法陣！而且還是眼熟的雙魚圖騰?!

「這個多幾天就會變淡，放心吧，我剛才下手不是很重，幫你淨化執念的同時沒有讓你的靈魂受到傷害，當然也沒傷害到你的軀體，呵。」

他還笑，這個銀髮的竟然還好意思給他笑！

「喬時常亂闖迷路，我還一度想在他背後畫上這個，讓他一旦遠離我超過一百米就無法動彈，後來考量到這對任務構成極大的不便，我只好打消這個念頭。」銀髮男子說完還露出扼腕的表情。

望月用力嚥下口水，這個銀髮的好可怕……他有些許的慶幸自己的拍檔是無能白爛人，而不是某個對法陣有著一定程度研究的變態。

「……咦？你的手？」望月突然注意到路克的右臂。

平日老是穿著黑色風衣還套上皮質手套的路克，此刻脫下風衣，也脫下了手套，展現在他面前的右臂上畫著雲紋，手腕和手背上畫著兩隻栩栩如生的鯉魚，鯉魚的尾巴是赤紅色的……

這個圖騰和他胸口此刻印上的圖騰一樣，望月想起自己曾經在城堡的白色大門上見過這個圖騰，難怪他剛才會覺得這個圖騰很眼熟，不……除此之外還有一點……夢境中蘭可的右頰上的模糊封印也是有著赤紅色的魚尾巴……路克和蘭可難道有關聯？

「你是第一次看到吧？這是我的封印，雲鯉之手，能力是淨化和限制。」路克揮著右手。「以前我常用這隻手幫聿療傷的。」

他沒有聽錯？路克的封印能力除了淨化之外，還包括限制。那麼出現在城堡的雲鯉圖騰也是路克設下的限制嗎？對方到底限制著什麼？望月的眉頭擰得很緊。他覺得事情越變越複雜，廢置的城堡、伊格、蘭可、廉還有他敬愛的修蕾大人……當年發生過什麼事情？

就在這個時候，路克的特殊通訊器突然響起。銀髮男子轉身接聽，答應了幾聲之後，以凝重的表情看著他：「望月，喬和聿在莫羅多城出事了。」

CH7 霧中的真相

莫羅多城

當空的烈日突然被烏雲遮去，灰暗的天空看起來像是快要下雨。

以古董街為中心的一百米內突然白霧瀰漫，附近的居民被緊急疏散，地方上的市長已經下令將隔離範圍由原先的一百米增加至二百米，等到白優聿等人趕到現場，大家都嗅出了附近飄著淡淡的腐臭味道，那是惡靈的味道。

現場的引渡人支援隊伍其中有人認出他們是來自總部的執牌引渡人，連忙上前。

「喬，原來你也在莫羅多城！」小隊的隊長，潘是以前和喬一起實習的引渡人。

「潘，現在情況如何？」喬頷首後握住對方伸出的手，也不說客套話了。「查出惡靈的底細？」

「暫時還沒有。」潘搖頭，他身後的隊員擋在最前線，擺好架勢準備應付隨時出現的危險。

排在這些引渡人背後較遠地方的是聖艾堡教堂的支援隊伍，大多是神父，其中一人是剛剛加入的凱爾。

「半個小時前探測惡靈的警報響起，我們疏散人群之後派出隊中最資深的一組成員去偵查，但是五分鐘前突然出現白霧，我們和那組隊員失去了聯絡。」潘臉上難掩擔憂。

喬打量著不遠處的白霧，接著詢問：「你的兩位隊員有什麼特徵？」

「一個是褐髮的安，一個是臉上有傷疤的莫森。慢著，喬……你要進去？」潘驚訝地看著他。

「能夠讓氣候產生變化的惡靈不弱。」而且在這一百米的範圍內他都嗅出了惡靈的腐臭味道，這更讓人擔心，喬點頭回應：「你和你的隊員守在外層，布下結界，這裡有你們和教堂的神父們，惡靈應該沒那麼容易闖過來，我進去支援安和莫森。」

「是。」基於喬的身分是總部的赤級引渡人，這些話等同於命令，身為小隊隊長的潘一下子答應了。

潘轉身吩咐其他的隊員準備，教堂的神父們吟唱擁有淨化效用的讚美詩歌，喬準備闖進去惡靈所在的中心點。

「喬，我和你一起進去。」清脆的聲音響起，正是小莎。

喬想也不想就拒絕。「妳是獨羅組的，擅長的不是戰鬥，我不能讓妳進去。」

「可是沒人帶路你會迷路！」小莎一句戳中他的痛腳。

「我才不會迷路！」喬漲紅著臉駁斥，迎上少女的冷笑氣勢登時轉弱。「就算我會迷路，我還是有嗅覺，能夠憑靠嗅覺探測出惡靈所在！」

「這樣一來你會耗損更多的時間，更別提能夠順利找出安和莫森！」小莎道出重點。「你需要別人的支援！」

執牌引渡人向來是一組二人，互相彌補彼此的不足，互相扶持共同進退，現在路克不在喬身邊，這個時候最適當的後補人選就是小莎自己！

「妳……妳無法支援我！」喬咬牙說出這句話，頓時看到小莎一臉受挫的表情。

少女抿緊唇，握緊的拳頭微微發抖。「我知道！但是我不能選擇袖手旁觀，看著你們身陷危險！」雖然她知道自己的能力並不強大，但是她很想向已逝的姐姐看齊。

姐姐向來是一個勇敢的引渡人，每次在緊要關頭都是站在最前線的那個，她也想成為保護別人的一分子。至少她可以嘗試幫助他們！

喬陷入兩難，好好思忖之後，一咬牙。「跟上來的唯一一個條件，凡事都必須聽我吩咐！」

「是！長官！」小莎大聲答應，連忙跟上他的腳步。

但，少女走沒幾步不禁停下，她看著追上他們腳步的某個人。「你……」

「小ㄚ頭，我不會讓妳獨自跟隨噴火怪物去涉險！」某個追得很喘的黑髮男子口沫橫飛大叫，黑瞳內盛滿憤怒。「想也別想！勸阻不了妳的話，我陪妳一起進去！要涉險就一起涉險！」

白優聿的嚷聲大得讓喬停步，紫髮男子怔了一下，回頭瞪著很吵的白優聿。

被他吼得有些傻眼的小莎愣住，直到她意識到白優聿是為了她而選擇冒險，她說不出話來。

「我答應過她，無論如何一定要保護妳和梅亞阿姨！這一次……我絕對不會放手……」

白優聿按著隱隱生疼的脖子，那是他的封印對惡靈產生反應了。即使很難受很痛苦，他還是站得穩穩的，內心沒有一絲的動搖，他瞪著默不作聲的喬。「噴火怪物！這次就算你不讓我進去，我死也要進去！別想端出你的身分來欺壓我！」

紫髮男子打量他一下，似乎極輕地嘆息，撂下一句：「隨便你。死了可別怪我。」

最後一句話意外的耳熟，望月經常對他說這句話……白優聿明白喬的意思。

他的封印雖強，但是必須仰賴望月的血液才可以開啟，此刻望月不在，他能不能夠自保已經是一個問題，更別提能夠保護小莎，但是，要他不顧小莎死活他絕對辦不到！

「嗤，謝謝你的祝福，不過我白優聿不是那麼容易掛掉的人！」他說著。

「我不需要你跟上來！」沒想到發出強烈抗議的是少女。

喬和白優聿同時看向少女，小莎握緊拳頭，憤怒地瞪著白優聿，再次叫著：「我不需要你跟上來！」

「小莎，我——」白優聿說到一半被少女打斷。

「白優聿，你聽著。」小莎深吸一口氣，逼使自己冷靜下來說話。「你只是想贖罪，對吧？不需要，因為你即使這麼做了，姐姐還是不會回來，我們還是不能重新過著以前的幸福日子……」

「小莎……」白優聿料想不到她會說這種話。

「你這麼做只是想讓自己的良心好過一些，別以為這麼做我會原諒你，我看不起你這種自私的行為。」少女一說完拉過喬的手。「喬，我們走。」

喬睨了一眼愣住的白優聿，轉身帶著小莎走向白霧的入口。

白優聿垂首，握緊的拳頭微微抖著，心口因為少女的一番說話而刺痛，原來被人嫌棄和憎恨的感覺是如此的沉重難受，沉重得呼吸也變得困難，他知道小莎討厭他，但他沒想到小莎竟然會如此憎恨他……他的確很可憎很自私。但他只是想好好保護自己在乎的人，就算被嫌棄，他還是要保護心裡頭最在乎的人。

一咬牙，白優聿大步上前，始料未及的小隊隊長潘喝止他。「等一下！你不能進去——啊，糟了！」

本是被結界阻攔的白霧突然瀰漫開來，潘急著命令隊員們加強結界，但是來不及了。

濃濃的白霧極快吞沒了在場的引渡人和神職人員。淡淡的腐臭飄來，白優聿按住產生反應的封印，站在原地聽著身邊響起的吆喝驚呼之聲逐漸減弱，最後，大地回歸寂靜無聲，阻擋視線的白霧緩緩散去，剛才還在附近的引渡人小隊和神職人員都不見了，白優聿的心頓時涼了半截……

熱鬧的喧譁聲卻在此時響起，他難以置信地看著前方，出現在他面前的是人潮擁擠的市集。

熱鬧的市集到處響起小販們叫賣的聲音，穿梭在人群中的白優聿四處張望，想在人群中找到喬和小莎，或是其他人也好，可是他走了許久，還是沒遇上任何一個來自引渡人小隊或是教堂的人，看起來這裡並不是莫羅多城的古董街，而是一個兜賣著各種各樣商品的大街，自己到底是被白霧捲進了哪一個地方？

「等一下，大哥哥，請等一下！」一陣稚嫩的聲音在他身後響起，白優聿不禁停下腳步，一個茶色頭髮的小男孩奔了上來，手裡捧著一個方形徽章。

「請問這是你的東西嗎？」小男孩褐色的眼睛一眨一眨的，小臉因為奔跑而透著淡淡粉色，看起來很可愛。

白優聿接過，那是一枚赤紅色澤的徽章。上面刻上代表真理的雙劍和代表聖潔的十字聖痕的圖案，這是執牌引渡人的工作徽章，等級是赤級。

看來應該是噴火怪物喬弄丟的徽章。

「你是哪裡找到這個的？」他蹲下身來與男孩平視，意外發現男孩長得很眼熟。

「在慕法爾蛋糕店門前。」小男孩指著不遠處的一間商店。

「慕法爾蛋糕店?!」白優聿一驚，慕法爾……這是從布魯克口中聽過的一個名字！

當他順著小男孩手指的方向看去，他訝異地看著裝潢和色彩極為熟悉的慕法爾蛋糕店。

那是一間藍色的商店，門板和窗框塗上鮮豔的黃色，門前左側佇立一個幾及人高度的木偶，木偶手中捧著三層的玩具蛋糕，咧嘴笑迎經過的路人。

——這根本就是迪森古董店！傳出古怪歌聲、連接著地下通道的迪森古董店！

「大哥哥，你的臉色很難看，是不是生病了？」小男孩關心地看著臉色煞白的白優聿。

「你可以告訴我，這裡是什麼地方嗎？」白優聿回過神來。

「可以！」小男孩點頭，大聲說著。「這裡是莫羅多城的北區，是城內最熱鬧的平民市集！」

莫羅多城的北區……城內最熱鬧的平民市集……

「莫羅多城的北區不是古董街？」他的思緒變得紊亂了，甩了甩頭再問。「小弟弟，請問你有看到很多的大哥哥和大姐姐們經過嗎？他們身上都戴著這個徽章！」

「沒有。」小男孩搖頭。

「怎麼可能？這裡明明就是北區的古董街，居民不是一早疏散了嗎？而且還有惡靈出現……但是怎麼可能什麼也沒有？」白優聿按住額頭低喃。

小男孩顯然不明白他在說什麼，突然小男孩眼前一亮，奔了上去，拉過一個女人的手。「媽媽！」

白優聿微訝之下迎上一個溫柔婉約的美婦。

「魯貝爾，你剛剛跑去哪裡了，媽媽好擔心你。」美婦輕斥著，向白優聿點頭示意。「不好意思，這位先生，我的兒子是不是為你添麻煩了？」

白優聿摸著嘟嘴的小男孩，向她展示自己手中的執牌引渡人徽章。「正好相反，他剛剛撿到我朋友的徽章，幫了我一個忙，我還沒感激他呢。對了，小弟弟，你叫什麼名字？」

「我是魯貝爾。」小男孩因為他的讚揚而高興笑了。

「噢，魯貝爾，真是一個好聽的名字……」說到這裡，白優聿突然打住話尾。他怎麼覺得魯貝爾這個名字有些耳熟？

「先生是梅斐多城過來的引渡人？」美婦咦了一聲，指著他手中的徽章。「我聽說今天總部會派一個赤級的新人過來。」

美婦似乎對引渡人的事情十分熟悉，白優聿驚訝地看著她。美婦一笑。「你好，我的名字是奧拉．克爾德，之前是聖十字騎士團的分隊小隊長，現在已經退休了，目前是一個全職的家庭主婦。」

「聖十字騎士團的分隊……小隊長？」白優聿登時瞠目。

聖十字騎士團是直屬教廷的部隊，負責保護教廷的安全，共有十二分支分隊，每支小隊的隊長擁有高超的武技和靈力，實力與引渡人總部的墨級引渡人不分上下。白優聿沒想到自己竟然在這個地方遇上一個前隊長。

「等一等，妳是教廷的人，怎麼會知道引渡人的事情？」白優聿相當驚訝。

「因為——」

叫做奧拉的美婦正要說話，身後突然傳來喧鬧聲，那是女人的哭泣聲和男人的吆喝聲，白優聿順著聲音來源看去，只看到一個女人被推倒在地，被男人大聲斥罵。

「是慕法爾阿姨！」小魯貝爾驚呼一聲，奧拉連忙帶著兒子趕過去。

白優聿只好跟了上去，奧拉這個時候已經扶過不斷哭泣的女人，慍怒瞪向高大的男人。

「麥斯！你怎麼可以這樣對待慕法爾？」

「她是我的妻子，我喜歡罵她就罵她，不需要妳這個外人插手！」叫做麥斯的男人冷冷說著。

「她深愛著你，無怨無悔為你付出，得來的僅是你的打罵和責辱，這就是你對待妻子的態度？」奧拉生氣了，站起來和男人爭吵。

「嘿。」麥斯一臉不屑，冷笑。「妳問她，她有哪一次的打罵不是自找的？」

「慕法爾，妳別怕，把真相說出來，麥斯為什麼對妳動粗，我們去找市長為妳主持公道！」氣不過的奧拉俯身下去握住慕法爾的手。

慕法爾搖頭，掩臉低泣，說不出話來。麥斯更是得意的哈哈大笑。「笑死人了，去找市長啊妳們，我倒要看一看妳這個女人有什麼了不起！我告訴妳，就算市長判定我們離婚，這個不中用的慕法爾還是滾回我身邊求我收留她！」

圍觀的群眾紛紛嚷叫起來，為慕法爾的遭遇感到憤怒，白優聿也忍不下去了，他從人群中擠身出來，怒道：「你簡直不可理喻，哪有男人像你這樣——」

話到一半，白優聿霎時啞了。他張口結舌地看著這個高大的男人。

他……他見過這個男人！這個男人就是在地下通道出現的人口販子——麥斯！同樣的名字、同樣的長相，眼前的麥斯顯然就是那個要把他和神父幹掉的人口販子！

「你、你怎麼會在這裡?!」白優聿驚呼。

麥斯打量著眼前的黑髮男子，拋下一句「白痴！」然後轉身進去蛋糕店，啪的一聲甩上門。

奧拉搖頭嘆息，扶起扭傷腳踝的慕法爾，魯貝爾拉過愣掉白優聿。「大哥哥，你要跟我們一起回去嗎？爸爸等一下就會回家了。」

白優聿動作僵硬的轉過頭。「……你的爸爸？」小孩他爸回家關他什麼事？

「噢，剛才媽媽沒來得及告訴你，魯貝爾的爸爸是是一個很厲害的引渡人，名字是諾巴．

李斐特。他負責迎接每一個新來的引渡人。」魯貝爾露出自豪的笑容。

「諾巴．李斐特？」黑髮男子的下巴掉到地上了。

他在這個不知是什麼年代的莫羅多城遇上人口販子麥斯、人口販子的老婆慕法爾、身為騎士團前隊長的奧拉還有小男孩的爸爸竟然是……十三年前身故的著名墨級引渡人諾巴．李斐特！

這麼說來，眼前的小男孩全名就是——魯貝爾．李斐特?!

白優聿突然明白自己為什麼覺得小男孩的名字很熟悉。因為魯貝爾．李斐特正是他奉命前來莫羅多城的原因，小男孩就是萬惡總帥口中可以解開所有謎團的神祕男子！

白優聿難以置信地看著高度只及他腰部的小男孩，腦海竄起一個想法，他……該不會是來到了十三年前的莫羅多城吧？

◎　◎　◎

「來，白先生，喝一碗熱湯。」

大雨傾盆而下，午後的天空變得暗暗的，此刻正待在李斐特家中的白優聿蹙緊眉頭，自從他被邀請來到李斐特家中作客之後，他就陷入沉思。

奧拉安置好身心受創的慕法爾之後，為沉思的白優聿端上一碗熱湯：「諾巴應該很快就回來了。抱歉，剛剛發生了慕法爾那件事，不然的話我可以親自帶你到引渡人的分隊駐點。」

她說著。

「沒關係，我剛好需要時間來想一想別的事情。」白優聿接過那碗熱湯。

手心傳來的溫度微燙，南瓜湯的香濃味道撲鼻而來，白優聿喝了一口，南瓜的味道在嘴裡漫開，滑入肚內成了溫暖的溫度，這是真實的……不同於他曾經遇見的記憶碎片，這裡的一切竟然是真實的存在，放下了湯碗，再次蹙眉，白優聿剛才悄悄問了魯貝爾現在是什麼年分，結果他得到了和預想中相差無幾的答案。

現在是大陸元曆的二零一八年，也就是距離自己所在年代的十三年前，他果然回到了十三年前的莫羅多城。

十三年前，大陸元曆的二零一八年，莫羅多城發生了許多可怕的事情。販賣小孩的人口市場、七級惡靈的出現還有弗德家族的滅亡都是在這一年發生，難道自己會回到十三年前的莫羅多城一事是惡靈所為？

白優聿現在不擔心自己的狀況，反而擔心的是跟隨喬作為支援一員的小莎。

「白先生，你沒事吧？」奧拉擔憂地看著面色不佳的他。

白優聿覺得自己有必要問清楚一些事情。「奧拉，妳認識那個叫做麥斯的男人？」

「他是慕法爾在連瑞城認識的男人，慕法爾和麥斯結婚之後就來到莫羅多城落地生根，他們開了一間蛋糕店，憑著慕法爾的手藝和麥斯的人緣，他們的生意挺不錯。但是半年前，附近開始多了幾間蛋糕店，他們的生意變差了，那個男人開始對慕法爾拳打腳踢，這次已經是慕法爾第三次被他羞辱打罵。」奧拉想著朋友的那段往事，不禁嘆息。「我和諾巴都勸了慕法爾不少次，希望她可以離開那個男人，但她堅持麥斯還是愛她的，只不過是一時失意，所以才粗暴的對待。」

白優聿點點頭。「慕法爾和妳是好朋友吧，幸好有妳在她身邊幫忙。」

「我也沒幫上什麼。」奧拉想繼續說下去，門口的風鈴響起，有人進屋了。「啊，是諾巴回來了！」奧拉欣喜地迎了上去。

白優聿探頭看去，一個身材中等的中年男人走了進來，脫下身上的雨衣和帽子，露出一張滿是鬍渣的剛毅臉龐。

「我回來了，奧拉。」男人說著，銳利的眼神一下子就發現了他這個陌生人。

「諾巴，這是總部調過來的赤級引渡人，白優聿先生。」奧拉介紹著。

鬍渣男人，諾巴來到白優聿面前，白優聿已經站了起來，他雖然沒見過當年這位連總帥也讚譽的大人物，但大人物身上的氣場是掩飾不了的，散發的威風凜凜氣質讓白優聿肅然起敬。

「諾巴前輩，你好。」白優聿先開口，頓時接收到前輩的審視眼神。

諾巴凝視他不語，奧拉絲毫不覺有異地說著：「外面停雨了吧？諾巴，今晚屋裡多了白先生和慕法爾兩位客人，我打算到烤肉店買一些烤肉，你說好嗎？」

「好，不過我去買就好了，妳陪魯貝爾和慕法爾吧。」

「咦？可是你剛剛外面回來耶。」

「不要緊，我順便帶白先生去熟悉一下莫羅多城的環境。」諾巴說著，還吩咐著。「我聽說了慕法爾和麥斯的事情，她現在正需要妳的陪伴。」

奧拉點了點頭。「好吧，你們早點回來，晚餐是七點。」

「知道了。」諾巴在妻子額前輕吻一下，湊前說了一些悄悄話。白優聿看到奧拉倏然挺直背脊，投望過來的眼神變得戒備，然後她頷首似乎說了一句「你要小心」。

白優聿微微一笑，他知道諾巴和奧拉發覺他有不妥了。

「白先生，請跟我來。」諾巴說完，轉身帶路。

離開李斐特家之後，諾巴帶著他走在比較僻靜的小路上。走了好一段路，前面的男人停下腳步，白優聿也跟著停下。

「我不記得總部有派叫做白優聿的赤級引渡人過來這裡。」諾巴開門見山說著。

「的確，我不是總部派來的。」白優聿知道這位前輩在聽到他的名字之後就發現他不是總部派來的引渡人。

「那麼你是誰？」問著這句話的時候，白優聿察覺到周圍的氣場改變了，強大的靈力讓氣壓變低，讓人呼吸微窒，諾巴冷冷打量著他。

「我的情況有一些複雜，連我自己也還沒完全明白過來。不過，我可以向你保證，我不是敵人。」白優聿一攤手。

「是友是敵，不是由你說了算。最近莫羅多城發生不少小孩被擄走的案子，身為陌生人的你突然出現在我家，我有所防備也是應該的。」諾巴打量著他。「現在，你可以解釋一下嗎？白先生。」

四周似乎有東西在逼近，但是白優聿看不出緩緩逼近的是什麼，他連忙說著：「我其實是見習引渡人，梵杉學園的見習引渡人！總帥給了我一道指令，要我來到莫羅多城找一個人，後來遇上惡靈作亂，陰差陽錯之下來到十三年前的莫羅多城，也就是你現在所在的這個年代！」

諾巴蹙眉，顯然他的解釋對諾巴來說根本就是亂編的謊言。果然，下一秒他聽到諾巴冷哼：「這根本不可能，我昨天剛見過總帥，並沒有聽他老人家提起，而且總帥不會親自給一個見習引渡人下指令！」

白優聿還想解釋，驀地雙手被一股力道反扣在身後，整個人被壓得跪倒在地。

「奈奈，別擰斷了他的手。」諾巴緩步上前，居高臨下看著他。「奈奈是我的獸靈，本體是一隻灰狼，她能夠嗅出一個人的言語是否屬實，說謊的話會被她咬掉耳朵喔，年輕人。」

獸靈！白優聿記起了，這位墨級引渡人最擅長的本領就是和獸靈結下契約，再這樣下去，他真的會被奈奈灰狼吃掉！

「我沒有說謊！」他高嚷的同時，耳垂微癢，像是有人把呼吸噴在他耳朵上。不用多說，那肯定是他無法看到的獸靈奈奈。「我是來自十三年後的見習引渡人！奉了總帥的命令來到莫羅多城的目的是為了找你的兒子，那是成年之後的魯貝爾．李斐特！因為只有他知道赤色聖環的下落！」

他把不該說的那句話也說出來了，如果不說的話，諾巴肯定不會相信他。

諾巴倏然瞠目。「赤色聖環的下落？那是什麼意思？」

「十三年後，也就是我的那個年代，赤色聖環失蹤了，連同魯貝爾一起失蹤了十三年！」

白優聿一說完，整個人倏地被揪起，諾巴揪過他冷冷地道：「年輕人，你的玩笑開得太大了！魯貝爾好端端的怎麼會失蹤？再說赤色聖環是每一代李斐特家族首領保管的聖物，只有在首領逝世之後，聖物才會傳承給下一代——」

說到這裡，諾巴突然說不下去，因為白優聿打斷了他。

「大陸元曆二零一八年，李斐特家族的唯一傳人魯貝爾．李斐特失蹤了，總部資料顯示他是在莫羅多城發生的七級惡靈事故中下落不明。因此，失去唯一可以和動物亡魂結下獸靈契約之引渡人的總部通過了一項緊急會議，一個專門引渡動物亡魂的小組成立，另外獨羅分設致力尋找李斐特家族最後傳人和赤色聖環……」

白優聿輕聲說著，搭上諾巴的手臂。「諾巴，你昨天所見的總帥應該是梵德魯大人，他現在已經是總部的最高顧問，現在擔任總帥的人你應該認識，他的名字是洛廉。」

「……廉？」諾巴驚愕之下吐出這個熟悉的稱呼，揪緊他的力道也鬆開了。

白優聿鬆了一口氣，慶幸諾巴還算認識萬惡總帥，沒想到下一秒他再次被揪過，諾巴冷聲喝問：「你剛剛說了什麼？莫羅多城出現七級惡靈到底是怎麼一回事？」

這絕對是一件讓人震憾的事情。在引渡人的歷史上，近這一百年來從未出現過六級以上的惡靈。

白優聿決定把自己從總帥那兒得來的資料說出來，驀地，一股刺痛滾燙在他左邊脖子傳來，他痛哼一聲，額頭冒出冷汗。

「你……你的封印是雙十字聖痕？」諾巴吃驚地看見他脖子上若隱若現的封印。

這有什麼值得大驚小怪的嗎？

白優聿痛得說不出話來。這下不好了，封印傳來反應的唯一解釋就是附近有惡靈出現！果不其然，他聽見諾巴逸出一聲喝斥，他被諾巴推去一旁，男人大步迎向一道倏然掩至的黑影面前。

那道黑影是惡靈！白優聿的封印所在傳來更劇烈的痛楚，他艱辛地看向那道黑影。

「布魯克！你怎麼會在這裡？」出乎意料之外，諾巴沒有攻擊，只是喊出一個耳熟的名字。

布魯克？老天啊，這個布魯克該不會是他想象中的那個布魯克……白優聿才這麼想著，黑影已經現身了。

一個穿著西裝的年輕男子跌跌撞撞來到他和諾巴面前，對方的身上、臉上有不少血痕，狼狽大叫。「諾巴主人！您快回去救一救奧拉主人……她、她不知為什麼突然攻擊其他的獸靈和鎮上的居民！」

這番話不僅讓諾巴呆若木雞，白優聿也呆愣了。

CH8

承諾與抉擇

當諾巴和白優聿趕到現場的時候，他們看到遍地的血跡和屍體，穿上一襲米色洋裝的奧拉站在一旁，她的裙襬染上驚人的紅色，在發現到他們的到來之後，她緩緩轉過身來，本是潔淨美麗的臉頰上同樣有著血跡。

在諾巴發出顫抖的呼喚之後，她瞇眼一笑：「你們回來了。」

「奧拉……奧拉，我的天啊，妳到底在做什麼？」諾巴掩飾不了內心的驚駭。

屍體當中除了附近一帶的居民之外，還有著白優聿看不到的獸靈屍體，那些平日負責保護奧拉和魯貝爾的獸靈們此刻身首異處，脖子上的切口俐落乾脆，一看就知道是長劍造成的傷痕。

奧拉的手上拿著一把長劍，劍身上的血跡正緩緩淌落。那些是獸靈和無辜居民的鮮血！

「他們礙事，必須剷除。」奧拉說著這句話的同時還露出平日的可親笑容。

諾巴愣掉了，他從奧拉古怪的舉止和神情中發現了某些端倪，致使他的臉部肌肉因為心底的懼怕而忍不住抽搐。他以近乎呻吟的聲音低呼。「不！不可能的……」

「奧拉主人！妳放下長劍！我們、我們一起去把魯貝爾找回來！妳不要再這樣下去了！」被忽略的年輕男子布魯克同樣以顫抖的語音說著，一步一步走向奧拉。

「布魯克！你說魯貝爾怎麼了？」諾巴更驚。

「他被慕法爾帶走了！」布魯克紅著雙眼，哽咽說著：「布魯克本來要追上，但是奧拉主人突然陷入癲狂，她、她殺了許多獸靈還有附近的居民……布魯克阻止不了，只好找上諾巴主人！」

墨級引渡人愣住，茫然地看著正舔著劍上血跡的奧拉，再看向同樣驚詫的白優聿，他的眼神立刻充滿肅殺之意。

白優聿戒備地後退，諾巴顯然認為他是這一切的始作俑者！

「布魯克，我們先制止奧拉再說！」但，肅殺的眼神在下一刻逸去，身為墨級引渡人的諾巴很清楚自己必須冷靜下來，極快權衡利弊之後，他有了決定。

「是！諾巴主人！」布魯克也冷靜下來，他趴伏在地，嘴裡發出一聲低吼，轉身變成一隻金毛獅子。

白優聿再無懷疑，眼前的布魯克就是他在現實中遇上的那個使魔小男孩布魯克。只是，布魯克到底怎麼會由一個成人變成一個孩子這一點，他就不清楚了。

「奧拉，妳清醒過來，不要再受到那個人的迷惑！」諾巴痛心地叫道。

「你們別擋路，不然我會將你們一一剷除。」奧拉彷彿被催眠似的，重複說著同樣的話。

諾巴咬牙，一揮手，接到指令的布魯克立刻低吼著撲上，卻被奧拉凌厲的劍法攻擊得節節敗退，諾巴立刻加入戰圍和心愛的妻子交手。

白優聿退至較遠的地方，憂心忡忡地看著這三人的激烈戰鬥。

總部資料顯示在十三年前，墨級引渡人諾巴・李斐特在一場意外事故中身亡，讓人惋惜不已。諾巴身故的不久之後，發生弗德家族被七級惡靈殲滅、莫羅多城被七級惡靈攻擊的慘劇，也導致當時年僅九歲的諾巴之子魯貝爾・李斐特從此下落不明。

不少人認為當年要是諾巴沒有英年早逝的話，七級惡靈的出現就不會對莫羅多城帶來那麼大的傷害，許多和諾巴交好的資深前輩們紛紛對未能及時保護魯貝爾一事感到遺憾和痛心，但他們之中沒有一人知道十三年前諾巴到底經歷了什麼事情。

就連總部資料也只顯示諾巴・李斐特死於意外事故。至於是什麼意外事故，萬惡總帥卻隻字不提。

此刻十三年前的真相擺在白優聿眼前。

諾巴、奧拉、布魯克、魯貝爾還有慕法爾與麥斯……這些人都是他在現實世界中接觸過或是聽過的人物和名字。

這些人不約而同和當年拐賣孩子以及七級惡靈出現事件扯上關係。

紊亂的想法在白優聿腦海裡飛掠而過，他似乎捕捉到了某些模糊的影像。他按住額頭，逼使自己冷靜下來整理思緒。

拐賣小孩的是麥斯，也就是慕法爾的丈夫。上次在地下通道的時候，他記得麥斯曾經說過能夠聽到慕法爾歌聲的只有小孩子們，麥斯就是透過慕法爾的歌聲把孩子們誘拐到地下通道！

地下通道的入口就在迪森古董店內，也就是說這個年代的慕法爾蛋糕店！這麼說來，被慕法爾擄走的魯貝爾應該就在慕法爾蛋糕店內的地下通道！白優聿一咬牙，轉身衝向慕法爾蛋糕店的方向。魯貝爾說不定是整件事的關鍵所在！

來到之前熱鬧的市集大街，夕陽投出最後一絲光輝之後就落下，雨後的傍晚讓整條街道變得清冷寂靜，他氣喘吁吁奔至慕法爾蛋糕店門前之後，立刻推門而入。

蛋糕的香味撲鼻而來，店內空無一人，白優聿提高了戒備，悄悄檢視店內的每一個角落。

但是他檢查了店內的每一個角落，依舊沒發現任何暗格之類的裝置。就在這個時候，面前的牆壁突然綻放光芒，一個類似法陣的圖騰出現在牆壁上。

白優聿連忙退至儲物櫃子後面躲起來。光芒逸去，牆壁上面呈現一雙紅尾巴的鯉魚圖騰，他的腦海中登時掠過一個想法，吃驚之下他捂住自己的嘴巴，瞠目看著自法陣裡面走出來的兩個身影。高大的男人是麥斯，一個矮小玲瓏的女人站在麥斯身邊，竟是上次拿武士刀追殺他和凱爾神父的時音。

「麥斯，剛才押著孩子們離開的侍從說弗德伯爵對這次的交易感到非常滿意。」時音說著。

「那個戀童癖向來喜歡長得白嫩的小男孩，這次他要十個，還真是讓我費了不少心思。」麥斯點燃一根菸。

「不過話說回頭，想不到身為弗德伯爵座上賓的那位大人也是一個戀童癖，而且還指名要魯貝爾，其他的統統不要，真是一個怪人。」時音聳肩。

「哼，我才不理會他是不是一個怪人，總之他給錢，我辦事就是了。要不是看在酬金的分上，我還真的不想招惹諾巴那號人物，這個麻煩的傢伙最近正追查孩子們失蹤的事情。」麥斯叼著菸，倏然猙獰一笑。「不過，他現在沒空插手這些事情了，他心愛的妻子奧拉受到那位大人的催眠，陷入了癲狂狀態，他一定正在阻止她。」

「是啊，那位大人的手段還蠻高明的，這樣一來我們既可以讓他們自相殘殺，也可以從他們手中不費吹灰之力得到魯貝爾。」時音呵呵一笑。

「魯貝爾是那位大人指名要的奴隸，我收了他一大筆錢，當然要把事情做好。」麥斯獰笑，突然臉色一沉。「慕法爾被關起來了嗎？我不能讓她在這個時候添亂子。」

「關起來了。她在搞不清楚的狀況下帶著魯貝爾逃來蛋糕店，以為這樣一來可以避開那位大人，她沒想到我們早已經得到那位大人的指示，把她和魯貝爾一併關起來了。」時音說著。

「那個笨女人，要不是她天生擁有可以讓人陷入沉睡的特異歌聲，我才不會要她。」麥斯吐了一個煙圈，臉上滿是嫌棄。「這些年來她並不知道我偷偷錄下她的歌聲，利用她的歌聲誘拐小孩，剛才她得知真相之後大哭的蠢樣真讓我反胃！」

「那麼時音的樣子會不會讓老大反胃呢？」時音露出魅惑的笑容，靠向了他。

麥斯嘿的一聲冷笑，摟過時音。「妳說呢？除了妳之外，這些年來我什麼時候對其他女人動心過啊？完成這筆交易之後我們就帶著錢到首都去過好日子！」

時音格格一笑，麥斯也放聲大笑，刺耳的笑聲讓躲在暗處的白優聿咬牙握拳。

這個麥斯是他見過最卑鄙無恥的一個男人！

「咦，外面有人？是那位大人派過來的人嗎？」麥斯突然問著，吻了一下懷裡的時音。「親愛的，妳去開門，我去打開法陣把孩子們帶出來。」

時音嬌笑應是，走上去開門。麥斯也在這個揚起右手，手心上有著以硃砂筆畫上的雙鯉魚圖騰，他把手心按在牆壁上，牆壁立刻浮現之前的法陣，一扇門緩緩出現。

白優聿看得心驚膽顫，他看過這個雙鯉魚的圖騰，之前有好長一段日子，他和這個圖騰的主人有過很深的交集……

十三年前到底發生過什麼事情？

「到手了嗎？」

一道微沉的男人嗓音響起，一個穿著黑色斗篷的男人出現在門口，時音恭謹地應是，等著麥斯把孩子從那扇門後帶出來。

接下來喝斥聲響起，有好幾個凶神惡煞的男人先出來了，都是麥斯的手下。最後出現的麥斯揪著一個矮小的男孩走了上來。

小孩咬緊牙關，瞠著圓溜溜的眼睛瞪著這些無恥的大人。

「大人，這個小孩就是魯貝爾．李斐特。」麥斯在被稱為大人的男人面前變得十分恭敬。

「解開他手上的繩子，我這樣帶他走就行了。」男人說著，塞過一個沉甸甸的袋子給麥斯。「這是你的另一半酬金。」

麥斯和時音的眼睛不約而同露出貪婪的光芒，麥斯吩咐手下解開拴著魯貝爾的繩子，一邊笑嘻嘻地接過錢袋。

「放開我！我爸爸是最厲害的引渡人諾巴，我媽媽是騎士團的前隊長奧拉，他們不會放過你們的！」魯貝爾不斷掙扎大叫。

「小屁孩，你那個多事的爸爸和媽媽正在自相殘殺，很快就會死掉了！」麥斯掐著魯貝爾的臉頰，猙獰大笑。

「不會的！他們不會死掉，也不會自相殘殺！你騙人！」小男孩大聲哭叫。

男人逸出一聲冷笑，揪過掙扎哭叫的小魯貝爾，蹲下來與小男孩平視。哭叫的魯貝爾陡地失了聲音，表情呆滯地看著男人。

白優聿沒來由地全身一抖，一股寒意由背脊竄起，似乎有不好的預感。

「聽著，現在開始你會忘記你的身分，你的一切記憶將被抹殺，你無父無母，是一個孤兒。」男人的聲音變得更是低沉。「我將賜予你新的記憶。」

稀疏月色之下，白優聿隱約看到男人的右頰上有一個圖案，好像是露出一截的赤紅色魚尾巴。

「是。」魯貝爾的聲音聽起來好像是在呢喃。

白優聿暗叫不好，這個男人正在催眠魯貝爾！對方要抹去魯貝爾的一切記憶，等一等，對方為什麼要賜給魯貝爾新的記憶？難道是——

男人想要得到魯貝爾．李斐特即將繼承的赤色聖環！這個男人就是總帥口中他要尋找的「那位大人」！

「十字聖痕，光之束縛！」完全沒想到勢力差距有多大的白優聿大聲吆喝，衝上去一把抱過魯貝爾往旁滾去。

以光點凝聚的光繩纏上男人的四肢和腰身，男人輕咦一聲，手一揚，輕而易舉化解白優聿的光之束縛。

「這裡竟然藏了引渡人？不過太弱了。」男人大步上前，揪過早已被麥斯等人包圍的白優聿。

白優聿把魯貝爾緊緊護在懷裡，咬牙瞪著被斗篷遮去一半臉龐的男人。「你到底是誰？」

男人沒有回話，瞄向麥斯。「麥斯，這個男人交給你處置，別傷了那個小孩。」

麥斯哼的一聲。「這人不就是今天下午陪在奧拉身邊的白痴嗎？隨便啦，時音，殺了他。」

「是，麥斯。」時音抽出了武士刀。

退無可退的白優聿正要拚死還擊，店內的玻璃窗口突然盡數迸裂，憤怒的獸吼聲震破了玻璃窗子，暗影撲了上來，時音的咽喉被巨大的爪子貫穿，瞠目倒斃在地。

「你、你……啊……」麥斯驚駭大叫，看著出現在他面前的金毛獅子。

白優聿喜極高呼。「布魯克！」

轉換成本體的布魯克已經發了狠，不理會大嚷大叫的白優聿，飛快撲上一咬，麥斯連尖叫也來不及就失去了聲息。

一眾手下在驚呼聲中掙扎逃生，但是他們只來得及邁開一步，隨即被憤怒的布魯克以利爪解決了。

「使魔嗎？我聽說你是諾巴和奧拉收養的使魔，是唯一一個沒訂下契約卻願意服從他們的墮落亡魂。」男人淡定地說著，絲毫沒被布魯克的兇狠嚇著。

「你就是……害了……害了奧拉主人的混帳！」布魯克激動吼叫。

「奇怪，你沒被奧拉幹掉嗎？是了，一定是諾巴保護了你，要你過來帶走你的小主人魯貝爾。可惜魯貝爾已經忘記你們，過來吧，魯貝爾。」男人向白優聿懷裡的小男孩招手。

小男孩掙扎著要過去，白優聿緊緊抱過小男孩，怒吼。「你休想帶走魯貝爾和赤色聖環！」

男人咦了一聲。「你是誰？竟然知道赤色聖環？」

「你不需要知道我是誰，總之我十三年前阻止你的奸計，十三年後同樣會阻止你的奸計！」白優聿憤然大叫。

「說得振振有詞呢，好，那你就死吧。」話音甫落，懷裡的魯貝爾突然用力掐住白優聿的脖子，奇大無比的力道讓白優聿翻白眼，他就算使出全身力氣也掙脫不了。

男人冷笑著，一柄長劍卻在這個時候貫穿他的肩膀，他一驚之下躍開，愕然發現渾身是血的諾巴站在門口，手裡正握住奧拉使用的長劍。

與此同時，魯貝爾也鬆開了手，在白優聿懷裡暈了過去。白優聿驚愕地看向諾巴。

「諾巴，剛才那一劍刺偏了。」男人咳咳兩聲，捂住不斷冒血的傷口。「真遺憾，我還以為奧拉可以把你幹掉，既然你還活著，那就代表奧拉已經死了。」

「奧拉主人……死了？」布魯克顫聲問著。

「因為我對她下達的指令是，無法殲滅敵人的話就自行了斷。」男人說著。

「你這個混蛋！」大吼的布魯克飛撲上前，卻被諾巴一腳踹回去。金毛獅子打個滾落地，悲憤地叫著自己的主人。「諾巴主人……」

「布魯克，我和奧拉從不後悔收留你，要好好活下去。」諾巴對布魯克戚然一笑。「現在，帶著白先生還有魯貝爾離開，記得我剛才和你說過的話。」

布魯克趴伏在地，發出嗚嗚低鳴哀泣，然後咬了一下白優聿的衣角，示意他騎上自己的身軀。

諾巴看著白優聿的眼神充滿懇求：「白先生，如果你說的話屬實，請你在十三年後一定要找回魯貝爾。」

「我一定會的，前輩。」白優聿抱過魯貝爾，翻身騎上布魯克的背脊。

布魯克帶著白優聿飛躍出窗戶，一著地立刻往前疾奔。騎在布魯克身上的白優聿忍住脖子封印傳來的劇痛反應，回首凝望逐漸遠去的慕法爾蛋糕店，只見那兒迸出刺眼的光芒，光芒一直維持到他遠離為止。

這是十三年前發生的「意外」事故，墨級引渡人諾巴．李斐特與陷入癲狂的妻子戰鬥至最後，妻子奧拉選擇自行了斷，重傷的諾巴撐著最後一口氣救出兒子，命令忠心的使魔布魯克帶著兒子離開。

白優聿握緊了拳頭，眼眶不知什麼時候紅了。他肯定了，那個男人就是他一直要尋找的「那位大人」，不僅是在十三年前害死了諾巴和奧拉，還在之後害得臻陷入癲狂狀態、讓他必須親手了結臻性命的男人……

布魯克在這個時候突然軟倒在地，白優聿抱著昏迷的魯貝爾打了好幾個滾，這才安全著地，他緊張大叫著：「布魯克！」

金毛獅子倒臥在地上，緩緩抬起頭。「白先生，布魯克的時間已經到了。諾巴主人下了指令，布魯克會陷入沉睡，直到十三年後甦醒再把小主人魯貝爾找回來……」

布魯克的身軀逐漸變得透明，白優聿撫著他的毛髮，一臉淒然。「你……」

「諾巴主人的最後請求是請你把失去記憶的魯貝爾交給教堂的尚神父，尚神父是奧拉的叔叔，可以相信，諾巴主人說……引渡人總部有內鬼……請你別輕易相信他們……」布魯克疲憊地說著，示意他湊前。「另外，諾巴主人要布魯克告訴你……他為魯貝爾和李斐特家族留下的最後一線生機。」

白優聿連忙湊前，聽著布魯克低喃著諾巴主人的最後叮囑，在他瞠目結舌之際，布魯克緩緩閉上了眼睛。

「布魯克！布魯克！」

金毛獅子的巨大身軀消失於眼前，白優聿捉了一個空，難過的他重重一拳擊在沙地上，悲痛低喊：「啊——」

教堂的門緩緩打開，悲傷中的白優聿抬頭看去。一個五十多歲的老人家走了出來，他這才發現布魯克帶著他和魯貝爾來到聖艾堡教堂門前。神父裝扮的老人家來到他面前。「年輕人，你怎麼啦？」

白優聿若溺水的人抓到浮板似的，捉住老人家的手大叫。「我、我要找尚神父！我是受諾巴和奧拉所托而來的！」

「諾巴和奧拉？我就是尚神父！」老人家瞠目看著他懷裡的孩子。「魯貝爾？他怎麼了？」

「請你一定要收留他！保護他！直到十三年之後我來把他帶走！」白優聿激動叫著，他已經無法忍受再有其他人在自己面前離世的打擊了。

老人家微訝，似乎想到了某件事情，好半晌老人家神色黯然地道：「看來諾巴和奧拉應該是出事了，預言果然逃不過……我答應你，我會收留他。」

「謝謝你，謝了……」白優聿跌坐在地，任由尚神父抱過昏迷的魯貝爾，他的心情太沉重了，讓他想不到自己接下來該怎麼做。

奧拉死了，諾巴也死了……布魯克陷入沉睡，無辜的魯貝爾不僅失去父母甚至還失去記憶，可憐的慕法爾一直受到丈夫的矇騙，這些人雖然與他只有一面之緣，但他還是忍不住為他們的遭遇感到難過。

這一切都是拜那個男人所賜！被寄予信任的他卻什麼也做不了，眼睜睜看著這些人被那個男人害得死的死、傷的傷！

白優聿掏出藏在袋子裡的赤級徽章，緊握在掌心裡頭，強忍著盈眶的淚意。

「別難過，年輕人。」尚神父凝睇失意的他。「在你出現之前，我不會把他父母的事情說出來，我只會這麼告訴他：終有一天東方過來的旅人會揭開命運的答案。」

熟悉的話語在耳邊響起，白優聿愣愣地看著尚神父。後者一笑。「這個孩子從今開始將有一個新的名字和身分，他的新名字是……」尚神父說了一個名字。

然後，老人家帶著小男孩轉身進入教堂，關上了大門。

白優聿的眸底盡是訝異，好一下他才扶額低喃：「原來如此……」

驀地，暈眩感襲來，他眼前一黑，往後仰倒。

「該死！這枚廢柴每次出現都只是拖人後腿！小莎，不必替嚇昏的廢物拭汗，直接一拳揍醒他就好了！」

「喬，你別這樣，他……白優聿看起來很痛苦。」

「看到他這副蠢樣，我更痛苦！還有，這該死的傢伙什麼時候偷了我的徽章，還緊握不放？」

「你冷靜下來好不好？我們走了這麼遠，惡靈和引渡人搭檔都沒遇上，只看到白優聿暈倒在這裡，說不定他經歷了一些事情。」

「他能夠有什麼好的經歷？一定是自己嚇自己然後暈了！」

好吵……男人和少女的聲音此起彼落，他們的聲音十分熟悉，而且他們還知道自己的名字，白優聿的耳中嗡嗡作響，終於他受不了地睜開眼睛。

一個拳頭剛好停在離他鼻梁兩吋的位置上。白優聿什麼暈眩感都沒了，急著跳起來。

「你！噴火怪物?!」

「嘖，本大爺還想用拳頭喚醒你，你竟然自己醒轉了。」紫髮男子低喃一句不好玩，被少女推開。

「你沒事吧？」小莎的表情充滿關切。

眼前的是小莎？白優聿驚訝地看著熟悉的少女，然後他環顧四周，發現四周的白霧瀰漫，是宣稱被惡靈襲擊然後被封鎖的古董街。

他回來了……回到了十三年後的現實世界，也就是諾巴和奧拉死後的第十三年。

白優聿眨眨眼睛，直到肯定眼前的是他擔心了老半天的小莎，他激動地攫過少女的肩膀。「妳有沒有受傷？有沒有？」

「我沒事。」確定他沒事之後，小莎變回之前的冷漠，推開他的手。「喬，我們可以繼續前進，別為這個人耽誤時間。」

喬搶過白優聿手中握緊的赤色徽章。「走，我們還要把安和莫林找出來。惡靈的蹤跡還沒確認，古董街還是屬於高危險區……」

「不必找了。」白優聿突然開口，他在二人投來狐疑眼神的時候站起來，篤定地看著紫髮男子和少女。「因為我知道白霧出現的原因。」

小莎一臉費解，喬蹙起眉頭，不耐煩地喝斥：「白優聿，你撞壞了腦——」

「喬，相信我，我剛才回到了十三年前的莫羅多城，遇見了奧拉和諾巴．李斐特，也看清了當年的真相。總部派你們過來調查的封印，裡頭並不是封印了七級惡靈遺留下來的執念，封印的是我們和敵方都在找尋的東西。」白優聿沉聲說著，那種久違的凜然與堅定讓紫髮男子怔了一下，就沒再說話了。

「那是什麼東西？」好一下，喬才出聲，顯然相信了他的話。

「赤色聖環。」

白優聿一說完，白霧瀰漫的不遠處突然響起了腳步聲，三人驚愕看去，只見白霧散開之處，一個穿著灰色風衣、戴著墨鏡的男人緩步走來。

「白先生，我們又見面了。」男人推了推鼻梁上的墨鏡，蒼白得近乎透明的臉龐上出現一抹淡笑的道：「那位大人的推斷果然沒錯，只要跟在你的身後，你總會帶領我們找到真相，相信這一次你不會介意和我們分享赤色聖環的下落吧？」

「又是你！」白優聿咬牙切齒。

「看來你還記得我，對了，你身邊那位美麗的小姐應該是第一次見到我吧？美麗的小姐妳好，我的名字是琰。」男人微笑示意，只見迎面一顆火球極快飛射過來，琰不慌不忙地往旁讓開，吸了吸氣。「啊，我嗅出了熟悉的氣息，是上次曾經見過面的引渡人朋友，喬？」

「白優聿，帶小莎離開，這個男人交給我！」喬擋在他面前。

「喬？」白優聿沒想到喬會站在他身前保護他。

「你不是要我相信你的嗎？你現在就滾去完成你應該完成的使命，要是你搞砸了事情，我教訓完這個瞎子過後會親自把你烤成熟鴨子！」

白優聿愣了一下，嘴角一勾。「你放心好了！」

一說完，白優聿一把拉過還愣著的小莎，轉身就跑。

「等一下！白優聿！喬他——」

「小莎！我們不是那個男人的對手！」

「喬豈不是很危險？」小莎顫聲問著，手腕卻被白優聿緊緊攫著，她大叫：「放開我！我要回去支援喬！你這個怕死的傢伙！」

「冷靜下來！」白優聿回首一喝，小莎嚇得一怔。她看著白優聿鮮少流露出來的怒意，聽著黑髮男子說著：「我們現在還有更重要的事情要辦！」

白優聿深吸一口氣，逼使自己冷靜下來，回到十三年前的莫羅多城之後，他已經開始明白整件事的來龍去脈。

「十三年前，諾巴為了保護家族的聖物，也為了保護尚未具備足夠能力繼承聖物的魯貝爾，他在臨死之前以自己的血與魂封印了赤色聖環，另外利用契約之力，他讓自己的獸靈保護封印的外層，讓其他人接近不了赤色聖環的存在，不過他沒料到獸靈在主人身死之後，隨著契約之力減弱，加上十三年前的那件七級惡靈事件，這些獸靈受到惡靈的執念影響，逐漸墮落變成使魔，使得守護赤色聖環的封印逐漸減弱，總帥一定是意識到這一點，所以他才派妳和喬過來觀察封印，派我來找出魯貝爾。」

那個狐狸總帥說不定一早就知道封印裡頭藏著的是赤色聖環，為了保護這件聖物，他才對外宣稱被封在封印裡面的是當年七級惡靈遺留下來的執念。

但……為何這個祕密不遲不早，偏偏會選在十三年後的今天被他發掘出來呢？他實在想不明白，十三年前，他在莫羅多城真的出現過嗎？

但不管如何，他這一次不能再抱持袖手旁觀的態度。「大家都在等待，諾巴和奧拉在等待，布魯克在等待，赤色聖環也在等待，我們不能讓他們再等待了。」

小莎愣住了……她已經很久很久沒有看過這樣的白優聿，他好像變回了三年前，即使跟在姐姐身後，但仍掩藏不了其自信與堅定光芒的白優聿。

「說了那麼多，你有什麼計畫？」小莎看著他。

「這裡的白霧是那些逐漸墮落成為使魔的獸靈所造成的，我們必須趕在他們真正變成使魔之前，找出魯貝爾，讓魯貝爾繼承赤色聖環並重新與他們訂下契約。」

「你知道魯貝爾在哪裡？」身為獨羅分設的小莎當然也聽說過這個失蹤了十三年的墨級引渡人之子。

「小莎，獨羅分設的情報人員是不是能夠透過追蹤靈力找到某人？我需要妳的幫忙，追蹤凱爾。」

「凱爾神父……是魯貝爾？」

難掩驚訝的小莎瞠目看著白優聿。白優聿頷首，少女深吸一口氣，眼底迸出精銳的光芒。

「好，我知道該怎麼做了。」

少女從懷裡取出一條項鍊，項鍊上有一個長形的黑色水晶，黑水晶是用來探測活人下落的工具，是他們每個人在引渡人學園必須修習的項目之一，身為獨羅情報組一員的小莎正使用黑水晶作為追蹤凱爾神父的媒介。

「微塵於東之時刻的三分七點，微光於西之時刻的九分六點，交叉的光與塵以此水晶之心為起點，飛奔向靈力能夠到達的彼端，找尋項目為凱爾．靡切……」小莎低聲念著，微弱的光芒在她手中的黑水晶綻開，飛快朝四個方向隱去。

現在只剩下等待了，白優聿看著集中精神的小莎。少女已經變得比三年前更加獨立自主，終有一天，她一定可以變成獨羅組內最出色的組員。

每個人都正在往前進步，唯獨是他……

這一次，他不能再逃。為了不辜負諾巴之託，也為了阻止「那位大人」的野心！

白優聿握緊拳頭，他抬首看向前方被淡淡白霧遮去的迪森古董店。門前的笑臉木偶是關鍵所在，難怪他之前會覺得木偶總是有一種讓他說不出的怪異感覺。

「找到了！他和布魯克在很靠近我們的地方！就在……就在那一邊！」隨著小莎的高興低呼，白優聿果然看到前方有一大一小的身影緩緩走近。

但，就在他看清來者是誰之後，他高興不起來了，巨大的身影從白霧中走出。那是一株巨型的豬籠草！茁壯的植物高約七尺、粗壯如碗口，莖部頂端有一個呈半圓形、下半部稍膨大的囊，正是當初出現在艾特伯爵府、差點兒把他和望月吞下肚子的豬籠草裴格斯！

「小白，好久不見了，莉雅在這段時間內很想念你。」嬌滴滴的聲音傳出，叫做莉雅的少女穿著一襲黑色蕾絲的宮廷服，優雅地現身。「咦，你身邊怎麼多了一個這樣的貨色啊？看起來就像營養不良兼發育不完整的小女孩。」

「妳說誰發育不完整？妳這隻黑烏鴉！」不服氣的小莎挺起胸膛，刻意突顯自己的身材並大嚷反駁。

「哼，我不會和妳這種女流氓鬥嘴。」莉雅揮手，白優聿的臉色變得相當難看，她摸著身側的裴格斯。「裴格斯，讓小白和野蠻女看一下你帶來了哪一位客人。」

裴格斯的利齒發出可怕的聲音，似在回應主人的說話。它輕輕扭動龐大的身軀，伏在它身後的兩樣東西掉落在地。白優聿登時大驚失色。

「凱爾！布魯克！」跌落在地的一大一小正是他要尋找的凱爾神父和使魔布魯克。

布魯克傷痕累累，顯然和裴格斯經過了一番劇烈的打鬥，身上的金色毛髮幾乎染成血紅之色，已經無法維持人形正奄奄一息地倒在地上。

凱爾神父雖然看起來沒受傷，不過他的樣子看起來很糟糕，呆呆地看著瀕死的布魯克。

「我們的大人等了這麼多年，終於等到封印減弱的這一天。哼，要不是當年教廷的人多管閒事收養了魯貝爾，大人也不必等候那麼多年。」莉雅不忿地說著。

當年一戰之中諾巴不敵身亡，臨死前竟然以自己的血設下封印，將原本轉移到魯貝爾身上的赤色聖環強硬封印在木偶身上，致使除了李斐特一族之外的人無法接近赤色聖環。

蘭可大人立刻出動所有屬下追查身為李斐特家族唯一傳人的魯貝爾，當他得知魯貝爾的下落之後，不止一次想要把還是孩子的魯貝爾從教堂裡面帶走，但是聖艾堡教堂擁有極強的結界，蘭可大人好幾次的闖入都落得受傷而歸，就連大人後來以遭弗德伯爵殺害的小孩亡魂們組成七級惡靈作為襲擊，也無法將聖艾堡教堂擊潰，反而讓暴走的七級惡靈大開殺戒，殲滅了弗德家族和莫羅多城的不少城民。

後來，改名為凱爾的魯貝爾當上了神父，受到教廷力量的庇護，更是讓蘭可大人找不到機會下手。直到十三年後的今天，當年沉睡的使魔布魯克甦醒，封印也在時間流逝之下減弱，蘭可大人對他們說機會已經到來了。

「小白，雖然莉雅不知道你是怎麼辦到的，不過大人說你知道解開封印的方法。」莉雅小碎步上前，粗魯地一腳踩在布魯克的肚皮上，金毛獅子發出痛苦低嗚起來，嚇得凱爾回過神來。「凱爾神父，你就按著小白的指示去辦，只要你把赤色聖環解封之後交給我，我答應你留住這隻使魔的命。」

凱爾泛紅的眼眶看了過來，以哀求的眼神看著白優聿。

「唔——」白優聿身後的小莎驀地傳出一聲痛哼，一個持著銀色長矛的男人正揪過小莎，銳利的矛頭抵著小莎的背心。

「青佐！」白優聿大驚。對方嘿的一聲冷笑道：「白廢柴，你最好聽從莉雅大人的指示去辦，不然這個野蠻女就會在你面前死去。啊，不過我可以為你再破例一次，記得上次我的黑剛是如何操控你的搭檔望月嗎？」

黑髮男子的瞳孔縮起，輕輕顫抖，對方猖狂大笑，小莎破口大罵卻被對方忽視。

「莉雅不喜歡等待，只給你十秒的時間。」莉雅獰笑著。

白優聿陷入前所未有的掙扎，他知道自己不可以隨便說出那句解開赤色聖環封印的咒語，那是諾巴以生命保護的聖物，也是他答應過對方會不惜一切守護的承諾。

但是，現在小莎被青佐脅持，布魯克被莉雅脅持，那是人命與承諾之間的抉擇。

莉雅已經開始倒數了，手心額頭都在冒汗的白優聿咬牙，看著始終沒開口求饒的小莎和布魯克，然後一把顫抖的聲音響起。

「我答應妳，莉雅。」凱爾神父強撐著站起，跌跌撞撞來到白優聿身前，攫過白優聿的肩膀。「白先生，答應他們，請你解開封印，讓我取回赤色聖環。」

「凱爾！那是你父親和母親以生命為你保住的家傳聖物！我、我怎麼能夠……」

「白先生！我們沒有選擇的餘地！」神父激動一吼，緊緊握住白優聿的肩膀。「雖然我的記憶還沒有恢復，也無法接受我的真實身分，但是我聽說過諾巴．李斐特這個人物的故事。要是他……我的父親還在世的話，他不會犧牲別人來保住聖物，他一定不會！」

白優聿無話可說……好半晌，他斂眉，點頭了。

莉雅和青佐露出勝利的笑容，看著黑髮男子和神父來到迪森古董店門前的木偶那兒，神父的手放在木偶身上，向黑髮男子頷首表示自己已經準備好。

「你跟著我念。」白優聿說著：「吾向光明祈願，聯繫過去與現在的是傳承者的名號，吾之名字乃李斐特家族第九十七代傳承者，魯貝爾．李斐特。」

神父的聲音也在重複念著他念出的解封咒語。這是當年布魯克陷入沉睡之前在他耳邊低語的一番話。

對不起了，諾巴前輩……我終究沒能實現對你的承諾。

細碎的裂痕開始在木偶身上出現，隨著木屑和顏料紛紛掉落，一團光芒迸現，瀰漫空中的白霧在光芒投射之時散開，飄於空氣中的淡淡腐臭味道也隨著減弱，閉起眼睛的神父手裡緊緊握著一個金紅波浪紋路的手環。

赤色聖環竟然是如此精緻細小的一枚手環。

莉雅發出歡呼聲，她拉高裙襬迎了上來，命令著：「把赤色聖環交給我。」

凱爾只猶豫了一下就交出聖環。莉雅高興地舉起聖環，歡呼起來。

「到手了！哈哈哈，大人！莉雅為你拿到——啊——」

尖銳的嚎叫聲響起，莉雅的右手齊腕而斷，鮮血噴濺之下，聖環噹啷一聲落在地上，脅持著小莎的青佐驚呼衝上，一道身影快捷無比攔下青佐的去路，發動了攻擊。

凱爾連忙撿起地上的聖環，小莎也在這個時候跑了上來，白優聿在混亂之中看到了眼前出現的點點銀光。

銀色的蝴蝶翩翩飛舞，在他、小莎和凱爾四周形成保護層，耀眼的金色髮絲飛揚，隨著頭髮主人回首用力一瞪，白優聿更是確定救援者的身分。

「望月！」在這個時候見到這張臭臉真的比見到大胸美女來得高興！

「沒用的白爛人！」擋下青佐之後極快退回白優聿身旁的望月投來憤怒一瞪，手肘用力一頂，歡呼的白某人捂住腹部痛得彎腰。

「啊！啊——你們竟然敢傷害莉雅！」莉雅發出憤怒的吼叫，斷腕的地方竟然極快長肉，手腕再度生長出來，濺落地上的鮮血發出滋滋輕響，變成具有腐蝕性質的硫酸。

「聿、小莎，你們帶著凱爾神父往東邊的出口逃去，引渡人小隊已經得到了命令，他們會在那個地方等候你們。」說話的是一個溫柔的銀髮男子，白優聿驚詫地看著對方。

「路克，你和望月怎麼會——」

「總帥吩咐我們過來這裡支援的。」路克柔柔一笑，絲毫看不出剛才他就是那個砍斷莉雅手腕的人。「快去，赤色聖環不能落在這些人的手上。我和望月會阻攔這兩人。」

白優聿點頭，和小莎強行拉過為了布魯克而不願離去的凱爾，疾步奔向東邊的出口。

「現在是教訓你們的時候了。」路克的眸光落在莉雅和青佐身上，變得森冷。

望月也是冷哼：「上一次的帳，我還沒跟你們算完！」

莉雅哈哈一笑，冷眼看著這兩個救援者。

「留在這裡阻攔我和青佐？赤色聖環是那位大人等候了十三年才到手的東西，他不會讓這東西再次離他而去的。」

路克瞠目，望月大驚。難道莉雅說的是——

「東邊出口那兒，大人正等著白優聿和凱爾神父的到來。呵。」莉雅冷笑。

CH9 以守護之名

東邊的出口並沒有出現引渡人小隊，白優聿帶著小莎和凱爾奔至東邊出口的時候，他們看到的僅是一條冷清的大街，冷風颼颼颳過，帶來些許的寒意，白優聿不由自主停下腳步。

「怎麼不快走？」小莎跑得有些喘，身後被她拉住的是同樣喘氣的凱爾。

白優聿沒有說話，他盯著四周，心底的不安逐漸擴大。這裡有不妥，直覺告訴他這一點。

「白優聿！」小莎大聲叫著他。

「小莎，待會兒不管發生什麼事情都好，好好保護凱爾還有赤色聖環。」剛剛繼承赤色聖環的凱爾並沒有引渡人的能力，再說對方一直是一個不擅於戰鬥的神父，碰上緊急事故只有靠小莎保護了。

「你在說什麼……」小莎說到一半突然說不下去了。她驚訝地看著前面不知什麼時候出現的一個高大男人。男人的臉龐被斗篷遮去，雙手環抱站在原地，剛好擋住他們的去路。

「你是誰？」小莎喝問。

男人似乎發出一聲冷哼，四周的氣壓驟降，白優聿連忙擋在小莎的面前。

「小莎，帶著凱爾離開。」白優聿說著這句話的同時握緊拳頭。

他知道這個男人是誰，但是他不能夠在小莎面前表現出激動的反應，他不能讓小莎知道這個男人就是害了臻的那個人！不然小莎會在激動之下做出送命的舉動……

「白優聿。」男人開口了，低沉的嗓音逸出。「這一次是我們的第二次碰面，卻是我們第一次面對面說話。上一次的碰面有些倉促，我出現不到三秒就離開了，你則忙著處理你拍檔的事情，基本上我們僅是擦肩而過——」

「閉嘴！我知道你是誰！」白優聿一吼。

小莎怔住，她滿腹猜疑，不肯定男人在說出「處理你拍檔的事情」是指白優聿的哪一任拍檔。

「噢……原來你已經知道了，你不想我提起？」男人的視線落在小莎身上。「我明白了，這位小姐是『她』的親人？」

「我叫你閉嘴！」

三枚弱弱的光之箭射去，男人手一揮，光之箭登時倒轉頭，筆直插入白優聿面前的地面上，小莎和凱爾不約而同驚呼，白優聿卻咬牙一吼。

「小莎！帶凱爾離開！」

「可是……」

「我叫妳離開！」

小莎被他吼得一怔，一咬牙就要帶著凱爾離開，男人阻止了她。

「這位小姐叫做小莎吧？小莎，妳和凱爾可以在離開之前把赤色聖環放下嗎？放下就好了，然後我會讓你們離開。」

「你和那隻黑烏鴉同一夥的！」小莎擋在凱爾面前。「你休想得到赤色聖環！」

「啊，妳的眼神就和『她』的眼神一樣，充滿不馴與倔強。我最喜歡操控妳們這類型的人。」男人說完，一閃身就來到她面前。

小莎一驚，想要攻擊已經來不及，男人掀起斗篷的帽子。

男人擁有一頭銀色短髮，過長的髮絲掩蓋了他的右頰，卻掩藏不了他右頰隱約可見的可怕傷疤，遍布整個右頰的傷疤像是被人強行撕下皮肉的傷痕。男人靠近嘴角的部位有著類似魚尾巴的圖案，呈現赤紅之色。

小莎不知為何有一種想法。那片可怕傷疤應該是一塊完整的圖案，被人撕下皮肉之後，這塊圖案只剩下殘缺的魚尾巴。

一股寒意驀地竄湧，她驚愕之下被逼看著男人那雙血紅色的眼睛。

「放開小莎！」白優聿大吼撲上，一拳掄向對方。

男人冷笑閃開，舉臂擋下白優聿的拳頭。白優聿大吼著再出拳，男人順勢握住他的拳頭使個過肩摔，白優聿整個人飛甩向前。

小莎驚呼，男人上前一腳踩住白優聿的背心，力道大得讓小莎聽見骨頭格格作響的聲音。男人冷笑。「小莎，妳要保住他還是保住赤色聖環？」

「小莎！帶凱爾……走！」

男人冷哼，重重一腳踹向多話的白優聿。白某人被踹得飛撞向一旁的燈柱，痛得蜷縮在地。

「交出來，不然大家都得死。」男人的眼神變得冷戾。

「你們這些不擇手段的無恥之徒！難道你們都不懂得珍惜生命嗎？」凱爾憤怒喝斥。

「李斐特家的魯貝爾，或許我該稱你為凱爾神父比較好。當年我可以設計殺害你的父母，可以設計讓不堪枉死的孩子們變成七級惡靈回來攻擊聖艾堡教堂，全是為了得到赤色聖環，我怎麼可能會珍惜你們的性命？」男人一臉不屑。

凱爾的臉色霎時慘白，他的記憶還沒有完全恢復，但聽到男人這麼說，他已經忍不住抓狂了，小莎連忙攔下神父，怒瞪著不知恥的男人。

「還有妳呢，小莎。妳是臻．米露費斯的妹妹吧？我曾經和妳姐姐見過面，就那麼一次，後來她被我催眠之後就和她的拍檔互相殘殺，我還以為她有能力取得勝利回到我身邊為我效勞，沒想到她竟然被她的拍檔殺死了，真是可惜。」

男人以輕鬆的語氣說著這番話，小莎瞠目，看著痛得站不起來的白優聿。

當年姐姐陷入癲狂並和白優聿互相殘殺……對方說的是真的嗎？

為什麼她沒有聽總部提及這件事？總部的人一直告訴她，她姐姐是因為遇上強大的惡靈襲擊所以才會殉職的，白優聿也在那起事故中失去了封印。

她一直以為當年是白優聿在任務中失職，姐姐才會送命。所以那天開始，她就把曾經視為偶像的聿哥哥當作陌生人，鄙視並唾棄他這個貪生怕死的人！她從來沒想過當年姐姐遇害的真相是這樣的！

「聿哥哥……這是真的嗎？」小莎不禁哽咽。白優聿親手解決姐姐，這是一個何等困難的決定！

「小莎，凱爾，走！」白優聿咬牙奮力吆喝。「十字聖痕，紛揚爆破！」

男人輕鬆閃開，同樣吆喝：「十字聖痕，紛揚爆破！」

巨大的爆炸力轟了過來，白優聿狼狽地閃開，但還是被爆炸力波及，他飛撞向牆壁，哇的一聲噴出鮮血。

「這一次你的搭檔望月不在身邊，無法使用『以血解縛』的你，根本施展不出自己的實力。」男人一把揪過白優聿的頭髮，逼使他抬起頭來。「即便如此，你還要保護他們？」

「我……上次保護不了臻……這次絕對不會重複上次……的錯！」

噗的一聲，白優聿一口唾沫噴在男人臉上。摻了血絲的唾沫在男人銀色髮絲上滑落，男人的眼神變得冷沉，掐過白優聿的脖子，用力將他推撞向牆壁。

哇的一聲，白優聿再次噴出鮮血，男人冷笑聲中重重一腳，他的右臂被男人踹斷。

「聿哥哥！」

「白先生！」

白優聿痛得喊不出聲來，他現在只希望望月等人趕快到來，救下小莎和凱爾。在這之前，他必須為小莎和凱爾製造逃走的時機……

「你……會不得好死，混蛋！」一吼完，白優聿又要噴唾沫，男人大手緊緊按住他的嘴巴，力道之大讓他的下巴幾乎脫臼。

「十三年前，很多人也是這麼說，但我還是活到了今天。」男人冷笑，指尖戳向他左邊的脖子。「即使到了危急關頭，你還是拒絕你的聖示之痕嗎？這倒是讓我很想見識一下，就容許我為你呼喚他。」

「你想幹什——」

「另外，我不喜歡你的小動作。」

白優聿逸出慘叫，手背被一道光之箭穿透而過，地上尚未完成的血之咒被男人拭去，他拖延時間的小計謀被發現了！

「該死的……不！你住手！別傷害小莎——」

男人在他痛哼驚呼之下緩步走向愣住的小莎。

「你、你別傷害小莎！」凱爾挺身擋在男人面前，男人伸腿一踹，凱爾摔跌出去。緊握在手中的赤色聖環掉在凱爾身側，男人卻沒有上前撿起的意思。他來到小莎的面前。

「小莎，妳想不想知道當年妳姐姐陷入癲狂之後的心情？」

小莎愣住，男人身上散發的深沉冷意讓她顫抖，雙腿發軟，任憑凱爾和白優聿喊得如何聲嘶力竭，她還是站不起來逃走。

「放輕鬆，看著我就行了。」男人掐過小莎的下顎，回頭對白優聿一笑。「白優聿，這一次，你阻止得了我嗎？」

白優聿瞠目，臉色霎時慘白。他的手背被光之箭釘在地上，隨著他的掙扎溢出更多的鮮血，他想要掙開那道束縛趕到小莎身邊。

男人刻意放緩動作，嘴角勾出諷刺的笑容。小莎無助地看著他，臉頰上滿是淚水，凱爾幫不了他，望月和路克等人沒有趕來……

來不及了！他心底有一道聲音在吶喊。這個時候唯一可以救下小莎的人只有他自己！但是，他解開不了自己的封印！

小莎對著他落淚，倔強的少女自從懂事以來就甚少哭泣，只哭過兩次。第一次是因為自己的失誤導致臻的過世的時候，那女孩大哭出聲。第二次是自己在臻離世之後離家長達半年，少女好不容易尋獲自己的消息卻也同時得知她的聿哥哥永遠不再回來之後，失聲痛哭。

少女的淚眼兩次都是因為白優聿的緣故而哭泣，現在是第三次……

不是說過好好保護小莎的嗎？結果每一次讓小莎承受最大傷害的人卻都是自己！

「住手！住手啊——」白優聿崩潰大喊。

男人湊前在小莎耳邊低語，小莎的眼神逐漸變得迷茫，白優聿張口大喊，到底在喊些什麼他也聽不懂了，他腦海裡掠過三年前熟悉的一幕幕——

匆匆趕到惡靈作亂現場的他，看到臻跌坐在地，有一個男人在臻耳邊低語，在自己衝上之際，男人隱沒入黑暗之中。

接下來，臻對自己展開攻擊，先是肩膀被砍中，再來就是大腿被砍傷，緊接著在他好不容易抱緊臻想要制止她的時候，臻發動了自己最拿手的攻擊。

刺痛感蔓延全身，他看到的僅是地上那片自己身上滴落的血色，呼吸變得紊亂，思緒也變得紊亂，張口咳出大片的鮮血，就連臻的身上也染上自己的鮮血，但是被催眠的臻仍舊不為所動。

她瞪著他的眼神一如她平日瞪著惡靈的眼神，充滿肅殺之意，就在臻發狂，衝出去砍殺無辜路人之後，他不得不出手制止她。

——你的聖示之痕是很強大的封印。控制不好的話，你會連累其他的人。所以我只好犧牲一下，委屈自己成為你的搭檔。

——屁藉口啦，有妳在身邊，我會把不到妹子的！

——好啊，如果你現在打贏了我，我立刻回去向總帥說和你拆夥！

——切，小人，妳明知我無論如何都不會對妳動手。

那一次是他唯一一次，也是他最後一次對臻動手。

臻的眼神和小莎的眼神如出一轍，凝望他的時候淚水盈眶，卻沒有絲毫的哀怨和責怪，而他卻在那一次失去了臻，三年後的今天即將失去小莎！

「不要傷害她！住手啊！」白優聿歇斯底里地大吼，奮力拔起被釘在地面的右手，飛也似的衝上。

「十字聖痕，光之華雨！」

「聿哥哥！」

流星般的光箭激射向白優聿，他瞠目看著小莎失聲尖叫他的名字，再看著男人再次湊前在小莎耳邊低語，本是尖叫的小莎倏然閉上眼睛，受傷的白優聿倒在地上，只差幾步就到達小莎的跟前。

小莎被催眠了嗎？他要救她！他要救這一個他非常在乎的家人啊！

聖示之痕，為什麼你不出來？我要救小莎！我不想再靠其他人的力量，我要憑著自己的力量救人！

救小莎——

必須救小莎——不能再失去他們之中的任何一個！

颼起的風聲倏然靜止了，男人挑了挑眉，回頭看著倒在地上的白優聿。

白優聿的拳頭緩緩收緊，朝他抬頭望來，本是一雙墨黑的瞳眸此刻變得一黑一綠。

終於出現了吧？男人笑了。

「冥銀之蝶，飛舞！十字聖痕，光之華雨！」

一聲喝斥，望月擋下青佐手中的雪白長矛，毫不遲疑補發一記咒言，成功讓青佐節節敗退，身上也多了幾道傷痕。

背靠著他的路克也在這個時候擊退莉雅。在他的淨化之力下，裴格斯和莉雅製造出來硫酸變成了普通的水，裴格斯的攻擊雖然兇猛，不過對於他們這兩個身手靈巧的引渡人來說，閃避並不是困難的事情。

路克雖然是第一次和他搭檔，但是二人的默契出乎意外地好，攻擊和防守配合得天衣無縫，就好像他們是多年的拍檔一樣。

望月不禁羨慕喬，喬擁有路克這種精英作為拍檔，他卻只能擁有白優聿這種專扯後腿的人作為拍檔……真是倒楣透頂！

就在想起白爛人的時候，他突然感覺到了空氣中的波動。那種氣息雖然只出現過區區兩次，但他還是一下子就認出了！

「路克！那個是白爛人的——」他驚訝不已。

「沒錯，是他的聖示之痕！」路克同樣驚詫。

聽到他們之間的對話，莉雅蹙起了眉頭，蘭可大人攔截白優聿等人也有一段時候，怎麼還沒成功奪取赤色聖環，反而是讓白優聿自行解開了封印？

蘭可大人的力量雖然強大，但她還是忍不住擔心。

「青佐我們撤！」她朗聲說著，隨即轉身，也不等待裴格斯逕自衝向蘭可大人所在之地。

青佐嗤了一聲，跟著離開。

攔阻不及的望月咬牙扼腕，身旁的路克默不作聲地凝望天空，似乎陷入沉思。他正要說話，不遠處傳來熟悉的聲音。

「路克！你真的在這裡！望月，你也在？」喬來到他們的面前，身上沾了一些血跡，他揮手。「媽的！剛才那個瞎子什麼也不說就走了，我一直追在他身後，追到這裡就失去他的蹤影，幸好遇上你們！」

望月頷首，喬嘴裡的瞎子應該就是那個戴著墨鏡，上次輕易化去他攻擊的琰。

「那人出現了，而且喬，我覺得那人這次是認真的。」沉默好久的路克突然開口。

喬的表情凝重，望月不禁問道：「那個人是誰？」

路克沒再答話，前方突然綻放萬丈光芒，那種仗勢讓人看得心驚膽顫。

「白廢柴恐怕撐不了多久，我們趕快過去！」喬露出鮮有的擔心，第一個朝光芒來源的方向奔去，路克連忙跟上了喬。

「白爛人，你別給我死了。」望月咬牙低喃，疾奔上去。

不遠的前方，萬丈的光芒鋪蓋了整個上空——

「十字聖痕，洗滌一切的罪惡！」

「卸！」

男人嘴裡逸出以十字聖痕作為起始的高級咒言，鋪天蓋地的光華朝白優聿頭頂蓋落，白優聿只說出一字，光華接近他半尺的地方皆化作點點銀光，飄散向天空。

他的左瞳變成了墨綠之色，瞇眼冷瞪著眼前的男人，左邊脖子上出現的雙十字聖痕是他自行解開的封印。

「原來你也可以自行解開封印。」男人絲毫不懼他眸底的凜凜殺意，欣賞著眼前換作另外一人的他。

因為這一次並不是透過望月的血液解開封印，白優聿沒有被聖示之痕控制，他很清醒地看著男人，儘管強行解開封印的力量僅發揮出平日的五分之一，他還是消解了對方的攻擊。

只不過他真的撐不久，他的耳朵在鳴叫，胃部在翻騰，裂了的肋骨刺痛他的呼吸，垂落在側的右手傷得很重，麻痺得讓他感覺不到痛意了。

「如果下一次你解開封印的速度可以快一點，那就更好。」男人打起一記響指，小莎突然睜開眼睛。

白優聿的心猛地揪緊，他看到小莎站起，身體晃了一下，然後朝他飛奔過來。

「聿哥哥！」小莎淚流滿臉，哽咽大叫。

她，沒被催眠？白優聿愣愣看著冷笑的男人。

「催眠她，我不會有好處。」男人俯身撿起腳下的赤色聖環。「好，到手了。」

「放下赤色聖環……」白優聿用力喝斥，但說話的力氣也沒多少了。

「白優聿，你還沒看清楚事實吧？」男人舉起手中的赤色聖環，冷冷說著：「搶走赤色聖環對我來說是很簡單的一件事，同樣的要把你們殺了也很簡單，我為什麼要大費周章演出剛才那一套戲？」

白優聿回答不了對方的問題，因為他心中同樣在問著為什麼，剛才這個男人明明可以把他殺死，但對方並沒有下重手，反而給他機會解開封印。

「因為我要親眼確定你的存在價值。」男人給了他答案。

白優聿晃了一下，男人說著這句話的時候並不像是嘲諷還是其他負面的意思。聽起來，對方確實想要確認他的存在價值，彷彿他的存在價值是某種關鍵……

「你閉嘴！」察覺到白優聿失神的小莎連忙扶穩他，用力喊道：「我會把你的樣貌描繪出來！我會讓引渡人總部全力追緝你！我要你為害死我姐姐付出代價！」

男人凝睇她半晌，這才斂眉輕笑，半空突然躍下好幾抹身影，分別是琰、莉雅和青佐，每一個人戒備地盯著白優聿等人，一字排開站在男人身後。

「咦，你們都來了？」男人揉了揉眉頭。「抱歉，剛才玩得有些盡興，忘記我們約定好的時間。」

「蘭可大人，一切順利吧？」莉雅有些擔心。

蘭可攤開掌心，讓他們看到躺在掌心上的赤色聖環。大家臉上登現喜色。

「我們是時候回去了，再見了……白優聿。」蘭可揮手轉身。

一顆火球就在這個時候激射過來，琰揚手，火球登時熄滅。

「媽的！幹下一大堆壞事就打算逃之夭夭嗎？老傢伙！」隨著熟悉的聲音落下，喬極快來到白優聿身邊。

蘭可輕嘆一下，不得已之下停步，隨著趕來的除了火爆的喬之外，還有路克和望月，他的眼神落在路克身上：「連你也來了，好久不見，路克。」

「我應該為我們的重聚感到高興嗎？」路克臉上露出苦澀的表情。「你還想傷害多少個人才甘心罷手？」

「你非要問這個問題？哼。」蘭可指著自己右頰上的傷疤。「在你們強行撤除我的封印之時，我就註定一輩子要和你們為敵。」

「所以你不惜一切也要報復？甚至為了赤色聖環傷害自己過去的戰友？」路克咬牙問

著。

「沒錯，你別想阻止我，不然你同樣被我歸類為敵人。」

路克沒再說話，看著蘭可率領琰等人離開。

「停下！你給我停下來！蘭可！赤色聖環還給我們……臻的事情我們還沒算完帳……」白優聿激動大叫，卻被路克攔下。

「別亂來！我們根本不是他的敵手！」

「還是路克夠冷靜。」蘭可睨他一眼，發現到白優聿的封印正逐漸淡化。「現在的你有本事阻止我嗎？剛才那句咒言我只用了五分之一的靈力去念動，下一擊你是完全抵擋不來的，白優聿。」

「就算如此我……也不會讓你……得逞！」白優聿力竭之下半跪在地。

蘭可不屑地冷笑，看著路克。「路克，你去老家回收『那些東西』吧，我奉勸你一句，就算有那些東西的輔助，你還是追蹤不到我的下落，弟弟。」

路克咬牙，眾人除了喬以外，紛紛對路克投來驚詫的眼神。

「琰，開啟空間。」蘭可不想再和這些人鬧下去了。

在蘭可的吩咐之下，琰打起一記響指，黑色的霧湧起，吞噬了對方四人，黑霧散盡之後，蘭可一眾人等消失得無影無蹤。

該死的……這一次和上一次，他同樣眼睜睜看著敵人離開。

白優聿悲憤得一拳擊在地面。

小莎衝上來緊緊抱住他，淚流滿臉說不出話來。

白優聿茫然地看著哭泣的小莎，終於，薄唇動了一下：「小莎……對不起。」

「不！該說對不起的是我！是我一直誤會了你，聿哥哥！」小莎抱著他失聲痛哭。

他靠在小莎的肩膀上緩緩閉起了眼睛，失去意識之前，他輕聲問著自己。

睜開眼睛之後，這個世界……還能像三年前一樣美好嗎？

尾聲　遠方的祝福

「凱爾，這是你父親和母親的遺物。雖然不是什麼值錢的東西，但……」七十歲的老人家臉上有著一貫的親切笑容，只是眼神多了幾分的戚然。「這應該是很有紀念價值的東西。」

年輕神父接過老神父遞來的兩樣東西，一個是黑色的徽章，徽章上刻著代表真理的雙劍和代表聖潔的十字聖痕的圖案，這是引渡人總部的墨級徽章。另外是一條銀色的項鍊，項鍊上掛著一個大十字架，十字架中心鑲了一顆小小的紅色水晶，這是教廷聖十字騎士團分隊隊長的身分象徵。凱爾雙手緊握，將這些被遺忘的記憶擺在心口，沉痛地閉起眼睛。

尚神父摸著這孩子的頭。「孩子，無論你的選擇是什麼，我都獻上我的祝福。願神與你同在。」

凱爾輕輕點頭，睜眼看著外面的晨色，陽光灑了進來，花圃處染上一層淡淡金光，風雨過後，黎明終於來臨了。他心中有了決定，有些事情是必須做的，遲了這些年，遺忘了這些事，終究必須完成自己的使命。

「尚神父，等我完成身為李斐特家族繼承人的使命之後，我還可以回到這裡吧？」凱爾問著，得到尚神父的含笑答應之後，他再無顧慮地踏出這個待了十多年的家。

教堂外，喬和路克分站兩側，等到他出現之後，二人露出鬆了一口氣的表情。

「看來你已經有所決定了吧，神父。」喬看著年輕神父。

「從現在開始，我會暫時卸下神父的身分。」凱爾脫下脖子上的十字架，好好地收進口袋裡，堅定看著二人。「路克先生，喬先生，請你們帶我回去引渡人總部。我必須向總帥先生彙報我索回記憶之後發現的一項重大事情。」

解封了赤色聖環之後，他被蘭可催眠之下失去的記憶也回來了。雖然他再次失去了赤色聖環，不過身為墨級引渡人之子的他卻得到了引渡人才有的封印，在路克的幫忙之下，他暫時和使魔布魯克訂下契約，解救了性命垂危的布魯克，讓金毛獅子以獸靈的身分重生。

這一趟前往引渡人總部，身為李斐特家族繼承人的他必須讓總帥知道當年父親留給他的最後一席話——關於赤色聖環神祕力量的祕密。

「謝謝你，請跟我們來。」路克微笑頷首，同時和喬轉身帶著神父離開。

直到三人離去，教堂外面的牆角處出現兩抹身影。

「喏，穆邏，接下來該怎麼辦？神父原來是李斐特家族的傳人，現在還被引渡人帶走了呢。」瘦弱少年咬著棒棒糖。

「哼，還能夠怎樣？奕君不是吩咐過我們不能與引渡人正面起衝突？」臉上有一道刀疤的少年冷哼。「走了，回去向奕君彙報，我要警告他下次別派我們來執行這種無聊的任務！」

「呵呵，穆邏沒機會出手，所以鬧情緒了！」

「閉嘴！要不要走啊你？」

「來了來了，別扔下我。」

陽光灑落在窗戶上折射出淡淡的金光。在莫羅多城的某棟建築物內，白優聿坐在窗臺邊，望著窗外的景色出神，他蒼白的臉龐上有著倦意，眼眶下方出現深深的黑眼圈，身上多處都纏上繃帶，今天是事發後的第七天，赤色聖環被一個叫做蘭可的人奪走的第七天。

當他從昏迷中醒轉過來，駐守在莫羅多城的引渡人小隊已經完成善後的工作，路克和喬也帶著凱爾回到總部與總帥會面。至於小莎，則在昨天晚上乘搭子彈列車趕回總部的獨羅組報告。她在臨走之前擁抱了他，以他熟悉的口吻喚著自己的名字，特別叮囑他在傷好之後一定要回家。因為自從臻去世之後，梅亞阿姨和她無時無刻不在想念著自己。之前所有的難聽話僅是小莎生氣他不告而別而說出的話。

——一定要好好照顧自己，我和媽媽已經失去了姐姐，不能再失去你了，聿哥哥。

小莎說著這番話的時候，揪過自己衣角的手微抖，淚水在眸裡打轉，她是一個傻女孩。但更傻的人應該是自己才對，這三年來他一直隱瞞臻的真正死因，他以為這是最正確的做法，卻不知這名為欺騙的做法更是讓梅亞阿姨和小莎傷心難過……

差那麼一點，他就失去兩個他最親愛的家人。

「唉……」白優聿按住額頭，黯然地閉上了眼睛。

「喂，在偷窺對面樓的美女？」少年的低沉嗓音毫無預警在身側響起，白優聿睜開眼睛，發現金髮少年正凝睇自己，那雙藍色的眸子出現疑似關心的神采。

嘖，不過他的話壓根兒不像在關心自己。「是啊，有一個超級大胸的金髮美女。」黑髮男子翻白眼。

「哼！」望月瞪他一眼。「一點長進也沒有。」

「你是存心吵架的嗎？別以為我受傷了就好欺負！」白優聿提高音量，傷口隱隱傳來痛楚，讓他立刻蹙緊眉頭。

「知道自己受傷就好好閉嘴休息，省得痛死了還要麻煩我幫你收屍！」

「你……」他媽的！激動之下撐坐起身的白優聿當真痛得說不出話來，只好按住傷口輕輕喘氣。

望月瞪著他好半晌，鮮有的冷哼一聲並不再爭吵下去，房內一下子變得平靜下來，白優聿看著默不作聲的少年，雖然望月和他相處的日子不長，但這小子每一次都把他的醜態盡看在眼底，在對方面前，他不需要偽裝出若無其事的假象。

「路克有向你提過蘭可的事情嗎？」好久之後，白優聿才開口問著。

蘭可喚著路克「弟弟」這個稱呼，蘭可右頰上的封印和路克的封印一樣，蘭可和路克充滿敵意的對話隱喻著在更久之前他們曾有過節……白優聿有太多搞不清楚的事情。

「沒有。」金髮少年同樣若有所思，睨了一眼身側的黑髮男子。「蘭可是當年害死臻．米露費斯的人？」

乍聽到這個名字，白優聿怔了一下，這才不情願的點頭。得到答案之後，金髮少年等了好一下才說話。「他遲早會為他做過的壞事付出代價。」

白優聿發出咦的一聲，換來少年的一瞪。「咦個屁，你不是想要告訴我，你打算讓害死你搭檔的人逍遙法外？」

當然不會。白優聿搖頭，握起拳頭。「不，但這一次直到最後……我什麼也沒做到。」

凱爾失去了赤色聖環，小莎差點失去性命，該保護的東西沒一樣保護得周全。

「白痴！」望月伸手在他後腦杓拍了一記，他痛得唉呼出聲，金髮少年酷酷說著。「你這次不靠任何人就解開了封印，救了小莎和凱爾不是嗎？白痴！」

白優聿愣住，望月的表情有些古怪，臉好像有些紅，而且說話的時候眼神瞄向窗外，橫看豎看他都覺得望月是……

白優聿噢了一聲：「望月，你好像是在鼓勵我……」

「白痴嗎你？誰有閒情去鼓勵你啊？你要頹喪到死也不關我的事。」望月冷聲反駁，鬆著腕骨陰森森開口：「你再說莫名其妙的話，我直接推你下樓。」

白優聿冒出冷汗，真是的，他下次絕對不會坐在窗臺邊和暴力狂說話。不過……這個暴力狂有時候挺可愛的，尤其是口不對心的時候。

望月冷冷瞪著他。「你再用那種噁心的眼神看著我，我就戳瞎你。」

「知道了，望月大人。」白優聿移開視線，重新看著外面掠過的景色，悄然握拳。

這一次他總算確認了敵人的身分。

蘭可，我會做好準備，等著和你下一次的相遇。

〈赤色的聖環　完〉

後記

最惡拍檔

不知不覺中，最惡拍檔寫到第三集了。這一集比較不同的是，拍檔二人組這次在總帥的命令下分頭行事，白優聿自行前往莫羅多城進行找尋失蹤多年的關鍵人物，望月則隨同帥帥的銀髮路克去一個神秘的廢置城堡，所以這一次的故事比較著重在講述過去，兩位主角之間的火花需要等到故事的後半段才出現。

這一次，故事中出現了不少的配角。而在最惡拍檔第三集裡面，我最喜歡的配角就是路克和小莎，這兩人是我寫得最投入的角色。路克是蘭可的弟弟，他們之間發生過一些事情，致使這對兄弟各自走上不同的路。至於發生過什麼事情呢，這一點就留到下一集自有分曉（啊咧，我變了說書先生？），路克是一枚好人大家無庸置疑，雖然他有一個壞人哥哥，但他對白優聿有一種生死之交的情誼存在，所以這枚配角會在後續故事中繼續拋頭露面，噢不，是出人頭地（作者開始語無倫次了……），總之以後的他會是一個關鍵的存在，而且我還私心的希望路克哥哥能夠榮登一次最惡拍檔的封面，因為看了琉翼的插圖之後，我整個人樂翻了，路克哥哥萌到冒泡～

說回另外一個我粉喜歡的配角——小莎。小莎是白優聿前任搭檔臻的小妹，自小被臻的母親收養的白優聿，可以說是和小莎一起長大、如同兄長般的人物。所以他在小莎的心目中是一個值得尊敬和崇拜的哥哥，當白優聿因為面對不了自己殺害了臻而離開那個家之後，小妹妹無法原諒他的不顧而去，即使在莫羅多城和白優聿相遇，她也表現得毫不在乎，並處處針對白優聿。唯有到了最後，等到她的心結終於解開，她才願意重新接受比以前不一樣的白優聿。也因為她，白優聿這才能夠成功自行解開封印。如果有機會寫番外的話，小莎和白優聿過去相處的點滴會是我最想寫的。

認識我的友人曾問我，寫小說的時候需要以主角和配角等的各自視覺角度帶出故事的節奏，這樣下去作者會不會患上人格分裂症？答案當然是不會。不過我試過有時候寫得太投入，發出一些奇怪的聲音（比如模仿蘭可陰森森的放話）結果嚇得我家老媽語重心長告訴我：累了就去休息，別走火入魔了……

但，也因為這份投入，我找到了寫下去的樂趣和動力。我記得以前有個編輯告訴我，寫不出感覺的故事是無法寫到終點的故事。我覺得這一點蠻有道理的，你無法在寫不出感覺的故事裡頭找到樂趣，更別提動力了。所以，為了這份樂趣，我會繼續玩弄白優聿和望月這對拍檔的……（啊喂，那是什麼話？）

最後，希望大家閱讀愉快，也希望下一集再次與大家相遇。

秋十

2013三月預定發售・首刷限量版附精美贈品

輕小說天后——御我

眾所期盼的全新作品

九月紫・繪

喚名一次成幻，
喚名兩次成虛，
喚名三次終成真。
你知道，
身邊的事物有多少是真、
多少是假嗎？

高寶書版集團
gobooks.com.tw

輕世代 FW030

最惡拍檔03赤色的聖環

作　　者　秋十
繪　　者　流翼
編　　輯　張心怡
校　　對　王藝婷、許佳文、賴思妤
排　　版　彭立瑋
美術編輯　陸聖欣
出　　版　英屬維京群島商高寶國際有限公司台灣分公司
　　　　　Global Group Holdings, Ltd.
地　　址　台北市內湖區洲子街88號3樓
網　　址　gobooks.com.tw
電　　話　(02) 27992788
電　　郵　readers@gobooks.com.tw（讀者服務部）
　　　　　pr@gobooks.com.tw（公關諮詢部）
傳　　真　出版部　(02) 27990909　行銷部 (02) 27993088
郵政劃撥　19394552
戶　　名　英屬維京群島商高寶國際有限公司台灣分公司
發　　行　希代多媒體書版股份有限公司/Printed in Taiwan
初版日期　2013年4月

國家圖書館出版品預行編目(CIP)資料

最惡拍檔. 3, 赤色的聖環 / 秋十著. -- 初版. --
臺北市 : 高寶國際, 2013.04-
　冊 ;　公分. -- (輕世代 ; FW030)

ISBN 978-986-185-851-7(平裝)

857.7　　102006602

GOBOOKS
& SITAK
GROUP©